白蚁和爱情一样，都是侵蚀性极强的东西。

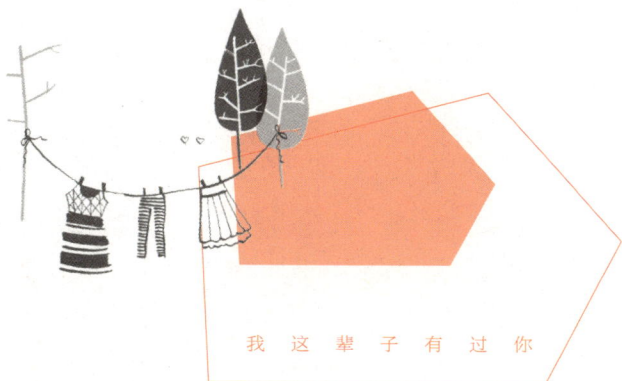

我 这 辈 子 有 过 你

爱情，

有时候，

是一件令人沉沦的事，

所谓理智和决心，

不过是可笑的自我安慰的话。

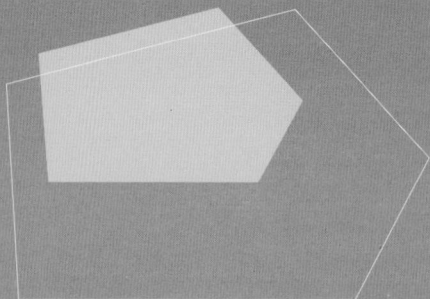

我这辈子有过你

著 | 张小娴

Amy Cheang

CTS 湖南文艺出版社
HUNAN LITERATURE AND ART PUBLISHING HOUSE

博集天卷
CS-BOOKY

序　言

有一种爱，是信念，

从未向时间屈服

　　这部小说写的是周蕊、徐玉、游颖三个人的故事。这三个女子，那么义无反顾地寻觅世间的温暖，那么死心眼儿地爱着她们的男人，却始终在爱情里颠沛流离。当她们的脸孔和身体都老了，青春零落，回首年轻的日子，可有领悟到一些什么？譬如说，她们是不是认清了女人想要的是什么，又是否看清了归宿到底是什么？

　　女人想要的是什么，是爱还是安全感？归宿到底是什么，是一个家还是自我的成长与追寻？写了那么多的小说，离不开女人和她们的故事，我常常想，我的这些女主角幸福吗？抑或都在苦乐、爱恨和聚散里流转？人生本是如此，爱里怎么可能只有快乐而没有痛苦？只是，一天，当你要做总结的时候，你不免回想：到底是

快乐的时候多还是痛苦多一些？快乐多一些，那就是赢了。假使输了，那也跟别人无关，而是输给自己的痴迷与执拗。

有限的青春，有限的芳华，一颗芳心何去何从？是否总是破碎了重又捡起来，永远如初，始终渴慕爱与温暖，却也在希望与失望里轮回？时光荏苒，终有一天，我们的眼睛不再光彩明亮，曾经绽放的一双乳房也将憔悴枯萎。这双乳房温柔地哺育过爱情，也倾心哺育过我们所爱的男人，红尘相遇，枕席之间的妩媚与缠绵，如此烂漫，却也许会归于寂静与荒凉。多年以来，我偶尔会想，要是唐文森没有死，他和周蕊的故事会是怎样，是终成眷属还是黯然离别？他始终是不自由的。他在小说里猝逝，终结了所有的痛苦，却也终结了所有的快乐。小说终究比现实轻盈，它能够拥有看似遗憾却也是最圆满的结局，人生可是要比这个悲凉许多。

唐文森死了，有一天，周蕊会遇到另一些人，爱上他们，然后跟其中一个厮守到老，但她心里永远住着一个不会回来的人。她幸福了，可她的幸福里永远缺了他。她本来是可以和他一起幸福的，多么难舍的离别，多么心碎的幸福。终于我们明白，人这一生，不是为了追求圆满而来，而是为了一次又一次明白圆满的不可能。

　　小说写完了，周蕊、徐玉、游颖三个人的故事也离开了我的一双手，有了她们自己的生命，继续在爱欲的苦乐聚散里流转。以后的故事我无从知晓，多半也就像我们每个人一样，只能一直往前走。我们不都是在爱情里颠沛流离的众生吗？缘起而回眸，再见又再见；缘尽而转身，再也不见了。所谓情缘，大概就是这样吧。

　　虽然这一生这一世不可能圆满，甚至最后一切也会成空，但我这辈子有过你。我有过你，有过你的欢喜、微笑和哭泣。我曾经深深地哺育过的爱，将永远留在我心里，就像故事里那只世上唯一可以倒着飞的蜂鸟，时刻叼着幸福的往事翩然回来，飞落在我曾经年轻的花蕾上，直到死别，是光阴抹不去的。此生此世终须一别，爱情也会如同青春般老去，但是，请让我相信，有一种爱，是信念，从未向时间屈服。

张小娴
二○一三年冬

CONTENTS
目　录

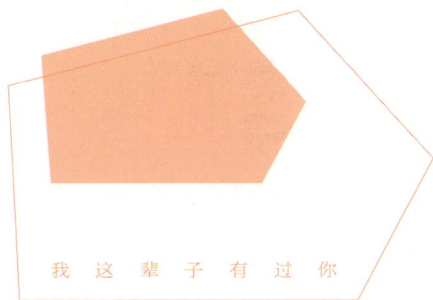

我 这 辈 子 有 过 你

第一章　女人与胸围同在 _ 001

第二章　雪堡的天空 _ 033

世上到底有没有A级的男人呢?
因为有女人爱他们,所以他们都变成A级了,情人眼里出A级!

第三章　**倒退的飞鸟** _ 061

第四章　**情人眼里出A级** _ 091

第五章　**你还爱我吗** _ 155

第六章　**我会永远等你** _ 195

当你爱一个人，
你是应该让他知道的，说不定有一天你会永远失去他。

第一章

———

女人与胸围同在

我时常想写一个关于胸围①的故事，主角是一个胸围，由它亲自叙述这一百多年来的沧桑历史。中国女人从前用肚兜，胸围是西方产物。十九世纪时，富有人家的小女孩用帆布、鲸鱼骨、钢丝和蕾丝制造胸衣。这种胸衣将女人的身材变成沙漏形，长期穿着胸衣的女人，内脏会受到破坏。一八八九年，巴黎一名胸衣制造商Hermine Cadolle女士发明了世上第一个胸围———种束缚胸部而不需同时束缚横膈膜的衣物。

———————————

　　① 　在香港，习惯称文胸为胸围；在内地，胸围则指围绕胸部一周的长度。本书中胸围指文胸。

那时的胸围，虽然不用束缚住腹部，但仍然是一件"庞然大物"。一九一三年，纽约名媛Caresse Crosby叫女佣将两条手帕缝在一起，再用粉红色的丝带造成肩带，变成轻巧的胸围。内衣制造商华纳公司用一千五百美元向她买下专利权，大量生产，成为现今胸围的雏形。一九三五年，华纳公司发明乳杯，由A杯至D杯，A最小，D最大。一九六零年，是胸围的"文化大革命"，妇女解放分子焚烧胸围。到二十世纪九十年代，时装设计师让女人把胸围穿在外面，胸衣的潮流又回来了。做隆胸手术的人数在各项整容手术中排行第二。女人与胸围同在。

我的第一个胸围不是我自己的，是我妈妈的。一天，妈妈跟我说："周蕊，你该戴胸围了。"因为提不起勇气自己去买胸围，所以我偷偷用了妈妈的胸围。那个胸围是肉色的，两个乳杯之间缝上一朵红花。我自己拥有的第一个胸围是向街上的流动小贩购买的，他是一个男人，用手推车推着胸围在闹市摆卖，数十个胸围堆成一个个小山丘，场面很壮观。

我现在是一个内衣零售集团位于中环总店的经理，这间店专门代理高级的法国和意大利名牌内衣。这段日子所遭遇的故事告诉我，女人的爱情和内衣原来是分不开的。

我工作的总店位于中环心脏地带一个商场的二楼，这里高级时装店林立，租金昂贵。除了我之外，还有两名店员：二十六岁的安娜和三十八岁的珍妮。安娜是个十分勤力的女孩，缺点是多病，经痛尤其厉害，脸色长年苍白。珍妮是两子之母，是公关能手，跟客人的关系很好，体健如牛，跟安娜配合得天衣无缝。安娜和珍妮还有一个好处，安娜只有四十一公斤，珍妮有六十八公斤，她们的体形绝对不会引起任何一位进来的客人的自卑。

高级胸围有一个哲学，就是布料愈少愈昂贵。布料愈少代表愈性感，性感而不低俗是一种艺术。一个女人能够令男人觉得她性感，而不觉得她低俗，便是成功。

聪明女人懂得在性感方面投资，因此我们的货品虽然昂贵，却不愁没有顾客。

我们主要的顾客是一批高收入的职业女性，那些有钱太太反而不舍得花钱，我见过一个有钱太太，她脱下来的那个胸围，已经穿得发黄，连钢丝都走了出来。女人嫁了，便很容易以为一切已成定局，不再注意内衣。内衣生意最大的敌人，不是经济不景气，而是婚姻。刺激内衣生意的，则是婚外情。

这天，差不多关店的时候，徐玉来找我，店外经过的男人纷纷向她行注目礼。她是意态撩人的三十六Ａ。

"周蕊，你有没有铅笔？"徐玉问我。

"原子笔行不行？"我把一支原子笔递了给她。

"不行，要铅笔。"徐玉说。

我在抽屉里找到一支铅笔，问她："你要写什么？"

"我刚刚拍完一辑泳衣照，导演告诉我，拿一支铅笔放在乳房下面，如果乳房压住铅笔，便属于下垂。"

我认识徐玉不知不觉已有三年，那时我在设计部工作，徐玉来应征内衣试身模特儿。她的身材出众，身高一米六五，三围尺码是三十六、二十四、三十六，皮肤白皙，双腿修长，穿起内衣十分好看，我马上取录了她。自此之后，我们时常贴身接触，成为无所不谈的朋友。我曾经精心设计了几款胸围，向我那位法国籍上司毛遂自荐，希望他把我的作品推荐给总公司，他拒绝了。徐玉知道这件事，邀约我的法国籍上司吃饭，向他大灌迷汤，极力推荐我的作品，他终于答应把作品送去总公司。这件事我是后来才知道的。可惜，总公司那方面一直杳无音信。

"怎么样？你的乳房有没有下垂？"我问她。

"幸好没有。"她满意地说。

"大胸不是一件好事。"我吓唬她，"太重的话，会下垂得特别快。"

"我认为导致女人乳房下垂的，不是重量，也不是地心吸力。"徐玉说。

"那是什么？"我问她。

"是男人那双手。"徐玉叽叽地笑，"他们那双手，就不能轻力点。"

"我想买一个新的胸围。"徐玉咬着铅笔说。

"你上星期不是刚买了一个新的吗？"我问她。

"不要提了，前几天晒胸围时不小心掉到楼下的檐篷上，今天看到一只大鸟拿来做巢。"

"那可能是全世界最昂贵的鸟巢。"我笑着说。

"那只大鸟也许想不到在香港可以享受一个法国出品的蕾丝鸟巢。"徐玉苦笑。

已经过了营业时间十分钟，我吩咐珍妮和安娜先下班。

"你要一个什么款式的？"我问徐玉。

"要一个令男人心跳加速的。"她挺起胸膛说。

"索性要一个令他心脏病发的吧！"我拿了一个用白色弹性人造纤维和蕾丝制成的四分之三杯胸围给她。四分之三杯能够将四分之一乳房露出来，比全杯胸围性感。我拣的胸围，最特别的地方是两个乳杯之间有一只彩色的米奇老鼠，性感之中带点纯情。

"很可爱。"徐玉拿着胸围走进试衣间。

我去把大门锁上。

"穿好了，你进来看看，好像不可以全部放进去。"徐玉从试衣间探头出来。

"怎么样？"我看看徐玉。

她沮丧地对着镜子。

"我好像胖了，刚才穿泳衣的时候已经发觉。"

她穿上这个胸围，胸部完美无瑕，两个乳杯之间的米奇老鼠好像快要窒息，我真的埋怨我妈妈遗传给我的是三十四Ａ而不是三十六Ａ。

"你弯下身。"我说。

她弯下身来，我替她将两边乳房尽量拨去前面。

"应该是这样穿的。谁说放不进去的？刚好全部放进去。"

"你常常这样帮忙别人的吗？"她问我。

"这是我的职业。"

"幸而你不是同性恋。"

"同性恋者未必喜欢你这种身材呢，太夸张了！"

"我就要这一个，员工价啊！"

"知道了。"

"糟糕！"她突然尖叫，"我忘了买杂志。"

"哪一本杂志？"

"《国家地理》杂志。"

"你看这本杂志的吗？"

"是宇无过看的，糟了，书店都关门了。他写小说有用的。"

宇无过是徐玉的男朋友，他在一间报馆当编辑，同时是一位尚未成名的科幻小说作家。宇无过是他的笔名，他的真名好像也有一个宇字，可是我忘了。

徐玉喜欢在人前称他宇无过，她很崇拜他，她喜欢骄傲地说出"宇无过"这三个字，她深信"宇无过"这三个字，在不久的将来便会响当当。我觉得宇无过这个笔名真是太妙了，乳无过，就是乳房没有错。

"陪我去买杂志。"徐玉着急地说。

"这么晚到哪里找？"

"到哪里可以买得到？"徐玉倒过来问我。

"这个时候，中环的书店和书摊都关门了。"

"出去看看。"徐玉拉着我，"或许找到一家未关门的。"

"我要负责关店，你先去。新世界大厦横巷有一个书报摊，你去看看，或许还有人。"

徐玉穿着八厘米高的高跟鞋飞奔出去。

二十分钟后，我到书报摊跟她会合，她懊恼地坐在石级上。

"收档了。"她指着书摊上的木箱。所有杂志都锁在两个大木箱里。

"明天再买吧。"

"杂志今天出版，我答应过今天晚上带回去给他的。"

"他又不会宰了你。"

徐玉突然抬头望着我，向我使了一个眼色。

"你猜木箱里会不会有那本杂志？"

"你想偷？"

"不是偷。"她开始蹲下来研究木箱上那把简陋的锁。

"我拿了杂志，把钱放在箱里，是跟他买呀！"徐玉把皮包里的东西倒出来，找到一把指甲锉，尝试用指甲锉撬开木箱上的锁。

"不要！"我阻止她。

"嘘！"她示意我蹲下来替她把风。

我的心跳得很厉害，我不想因为偷窃一本《国家地理》杂志而被关进牢里。

徐玉花了很长时间，弄得满头大汗，还是无法把锁解开。

"让我试试。"我看不过眼。

"你们干什么？"一个穿着大厦管理员制服的男人在石级上向我们叱喝。

徐玉连忙收拾地上的东西，拉着我拼命逃跑，我们一直跑到皇后像广场，看到没有人追上来，才敢停下。

"你为了他，竟然甘心做贼，你还有什么不肯为他做？"我喘着气骂她。

徐玉望着天空说："我什么都可以为他做。我可以为他死。"

我大笑。

"你笑什么？"

"很久没有听过这种话了，实在很感动。"我认真地说。

"你也可以为你的男人死吧？"

"可是我不知道他愿不愿意为我死。"

"我有一种感觉，宇无过是我最后一个男人。"

"你每次都有这种感觉。"

"这一次跟以前不同的。我和宇无过在一起两年了，这是我最长的一段感情。我很仰慕他，他教了我很多东西。他好像是一个外星人，突然闯进我的世界，使我知道爱情和生命原来可以这样的。"

"外星人？又是科幻小说的必然情节。你相信有外星人吗？"

"我不知道。宇无过是一个想象力很丰富的人，跟这种男人在一起很有趣。"

"谈情说爱，谁不需要一点想象力？买不到《国家地理》杂志，你今天回去怎样向他交代？"

"幸而我今天买了胸围。"

"胸围可以代替《国家地理》杂志吗？"

"当然不可以。"徐玉说。

"那就是呀。"

"不过……"她把刚才买的胸围从皮包里拿出来，摆出一副媚态，"今天晚上，只要我穿上这个胸围，肯定可以迷死他，使他暂时忘了杂志的事。"

我见过宇无过几次，他长得挺英俊，身材瘦削，爱穿衬衣、牛仔裤、白袜和运动鞋。我对于超过三十岁，又不是职业运动员，却时常穿着白袜和运动鞋的男人有点抗拒，他们像是拒绝长大的一群。宇无过的身形虽然并不高大，但在徐玉心中，他拥有一个很魁梧的背影。宇无过说话的时候，徐玉总是耐心倾听。宇无过在她面前，是相当骄傲的。因此使我知道，一个男人的骄傲，来自女人对他的崇拜。

徐玉和宇无过相识一个月之后便同居，徐玉搬进宇无过在西环的房子。别以为写科幻小说的人都是科学迷或计算机迷之类，宇无过既不是科学迷，对计算机也一窍不通，他真正是闭门造车。

我不是宇无过的读者，我不怎么喜欢看科幻小说。宇无过出版过一本书，销路不太好，徐玉埋怨是那家出版社规模太小，宣传做得不好，印刷又差劲。

"去看电影好不好？"徐玉问我。

"这个星期上映的三级片我们都看过了。还有好看的吗？"

"还有一部没有看。"

看三级电影是我和徐玉的消遣，自从去年年头看过一部三级电影之后，我们经常结伴去看。三级电影是最成功的喜剧，任何喜剧都比不上它。那些健硕的男人和身材惹火的女人总是无缘无故地脱光衣服，又无缘无故地上床。我和徐玉常常在偌大的戏院里捧腹大笑。

两个女人一起去看三级电影，无可避免会引起其他人的奇异目光，但这正是我们看电影的乐趣之一。男人带着负担进场，希望那套三级电影能提供官能刺激，可是女人看这种电影，心情不过像进入游乐场内的鬼屋，寻求刺激而已。

戏院里的观众寥寥可数。我和徐玉把双脚搁在前排座位上，一边吃爆米花，一边品评男主角和女主角的身材。

"这个男人的胸肌真厉害。"徐玉说。

我依偎着徐玉，默默无言。

"又跟他吵架了？"徐玉问我。

"他不会跟我吵架的。"我说。

从戏院出来，我跟徐玉分手，回到中环我独居的家里。我的家在兰桂坊附近一幢六层高、没有电梯的大厦里。我住在二楼，房子是租回来的，面积有六十平米。一楼最近开了一间专卖蛋糕的店子，老板娘姓郭，是一位五十岁左右的印度尼西亚华侨，徐娘半老，身材有点胖。她在印度尼西亚出生和长大，嫁来香港，说得一口流利的广东话。她做的蛋糕跟本地做的蛋糕不同，她用奶油来做蛋糕。

"奶油蛋糕是最好吃的。"她自豪地说。

她做的蛋糕颜色很漂亮，我就见过一个湖水蓝色的蛋糕，那是我见过最漂亮的蛋糕。

她的蛋糕店不做宣传，主要是接受订单，但口碑好，一直客似云来。每一个蛋糕，都是郭小姐亲手做的。每天早上起来，我几乎都可以嗅到一阵阵蛋糕的香味，这是我住在这里的一笔花红。

蛋糕店每晚八时关门，今天晚上我回来，却看到郭小姐在店里。

"郭小姐，还没有关门吗？"

"我等客人来拿蛋糕。"她客气地说。

"这么晚了，还有人要蛋糕？"

这时候，一个中年男人进来蛋糕店。

郭小姐把蛋糕交给那个男人，跟他一起离去。

那个人是她丈夫吗？应该不是丈夫，她刚才不是说客人的吗？她会不会拿做蛋糕做借口，瞒着丈夫去走私呢？那个中年男人样子长得不错。郭小姐虽然已经中年，但胸部很丰满，我猜她的尺码是三十六B（这是我的职业本能）。

我跑上二楼，脱掉外衣和裤子，开了水龙头，把胸围脱下来，放在洗手盆里洗。我没有一回家便洗内衣的习惯，但这天晚上天气很热，又跟徐玉在中环跑了几千米，回家第一件事便想立即脱下胸围把它洗干净。这个淡粉红色的胸围是我最喜欢的一个。我有很多胸围，但我最爱穿这一个。这是一个记忆型胸围，只要穿惯了，它习惯了某一个形状，即使经过多次洗涤，依然不会变形。我不知道这个意念是不是来自汽车，有几款名厂汽车都有座位记忆系统，驾驶者只要坐在驾驶座上，按一个键，座位便会自动调校到他上次的位置。我认为记忆型胸围实用得多。

但记忆系统不是我偏爱这个胸围的主要原因，我第一次跟唐文森玉帛相见，便是穿这一款胸围，他称赞我的胸围很漂亮。穿上这个胸围，令我觉得自己是一个女人。

唐文森今天晚上大概不会找我了。

清晨被楼下蛋糕店的蛋糕香味唤醒之前，我没有好好睡过。今天的天色灰蒙蒙的，一直下着毛毛细雨，昨天晚上洗好的胸围仍然没有干透，我穿了一个白色的胸围和一袭白色的裙子，这种天气，本来就不该穿白色，可是，我在衣柜里只能找到这条裙子，其他的衣服都是皱的。

经过一楼，习惯跟郭小姐说声早安，她神情愉快，完全不受天气影响，也许是昨天晚上过得很好吧。

走出大厦，唐文森在等我。他穿着深蓝色的西装，白衬衫的衣领敞开了，领带放在口袋里，他昨天晚上当夜班。

"你为什么会在这里？"我故意不紧张他。

"我想来看看你。能不能和我一起吃早餐？"

"你不累吗？"

"我习惯了。"

看到他熬了一个通宵的憔悴样子，我不忍心拒绝。

"家里有面包。"我说。

我和森一起回家，然后打电话告诉珍妮我今天要迟到。

我放下皮包，穿上围裙，在厨房里弄火腿三文治。

森走进来，抱着我的腰。

"你知道我昨天晚上去了哪里吗？"我问森，我是故意刁难他。

森把脸贴着我的头发。

"你从来不知道我每天晚上去了哪里。"我哽咽。

"我信任你。"森说。

"如果我昨天晚上死了，你要今天早上才知道。如果我昨天晚上跟另一个男人一起，你也不会知道。"

"你会吗？"

"我希望我会。"我说。

如果不那么执迷地只爱一个男人，我也许会快乐一点。爱是一种负担。唐文森是一家银行的外汇部主管，我们在一起四年了。认识他的时候，我不知道他已经结婚。他比我大十岁，当时我想，他不可能还没有结婚，可是，我依然跟他约会。

在他替我庆祝二十五岁生日的那天晚上，我终于开口问他："你结了婚没有？"

他凝望着我，神情痛苦。

我知道他是属于另一个女人的。

作为第三者，我要比任何女人更相信爱情，如果世上没有爱情，我不过是一个破坏别人家庭幸福的坏女人。

森吃完三文治，躺在沙发上。

"累不累？"我问他。

他点头。

我让他把头搁在我大腿上替他按摩。他捉着我的手，问我："你不恨我吗？"

我沉默不语。我从来没有恨他。每个星期，他只可以陪我一到两次，星期天从来不陪我。以前我跟家人一起住，我和森每个星期去酒店。这种日子过了两年，一天，我问他：

"我们租一所房子好不好？我不想在酒店里见面，这种方式使我觉得自己像一个坏女人。"

森和我一起找了现在这所房子，他替我付租金。我觉得我和他终于有了一个家，虽然这个家看来并不实在，但我的确细心布置这个家，盼望他回来。

森曾经说过要离开我，他问我：

"一个女人有多少个二十五岁？"

我说："任何岁数也只有一个。"

他不想我浪费青春，也许是他不打算跟我结婚。可是，他离开之后又回来。

我们几乎每隔一个月便会大吵一顿，我不能忍受他跟我上床后穿好衣服回家去。想到他睡在另一个女人身边，我便发疯。前天我们又吵架，因为我要他留下来陪我过夜，我知道那是不可能的事，但我无法阻止自己这样要求他。

"好一点没有？"我问森。

森点头。

"男人为什么要爱两个女人？"我问他。

"可能他们怕死吧。"森说。

我揉他的耳朵。

"你的耳珠①这么大，你才不会早死吧。我一定死得比你早。"

"快点上班吧，你可是经理啊。"

"这种天气真叫人提不起劲上班。"我软瘫在沙发上。

森把我从沙发上拉起来。

"我送你上班。"

"你要是疼我，应该由得我。"我撒野。

"这不是疼你的方法。"他拉着我出去。

"我知道终有一天我要自力更生，因为你不知道什么时候会离开我。"

"我不会离开你。"森握着我的手说。

这是他常常对我说的一句话，但我总是不相信他，我以为我们早晚会分开。

今天的生意很差，这种天气，大部分人都不会去逛街。我让安娜和珍妮一起去吃午饭。一位二十来岁的女士走进店里，看她的打扮，像是在附近上班的，她曲线玲珑，应该穿三十四C。

她选了一个黑色蕾丝胸围和一个腰封。

"是不是三十四C？"我问她。

她惊讶地点头："你怎么知道？"

"职业本能。"我笑着说。

---

① 耳垂。香港习惯称耳垂为耳珠。

她走进试衣间好一段时间。

"行吗？"我问她。

"我不会穿这个腰封。"

"我来帮你。"

我走进试衣间，发现这个女人竟然有四个乳房。

除了正常的两个乳房之外，她身上还有两个乳房，就在正常的乳房下面。这两个多出来的乳房微微隆起，十分细小，如果必须要戴胸围的话，只能穿二十九Ａ。

我的确吓了一跳，但为免令人难堪，只得装作若无其事，替她扣好腰封。

"你扣的时候要深呼吸，而且先在前面扣好，再翻到后面。"

替她穿腰封的时候，我的手不小心碰到她的小乳房，那个乳房很柔软。

"是不是很奇怪？"她主动问我。

"哦？"我不好意思说是。

"是天生的。医生说身体的进化程序出了问题。动物有很多个乳房，一般人进化到只剩下一对乳房，而我就是没有完全进化。"

"麻烦吗？"我尴尴尬尬地问她。

"习惯了就不太麻烦，我先生也不介意。"

我没想到她已经结婚，我还以为四个乳房会是她跟男人交往的障碍。也许我的想法错了，四个乳房，对男人来说，是双重享受。想要两个乳房，而得到四个，就当是一笔花红吧。

"坏处倒是有的，"她说，"譬如患乳癌的机会便比别人多出一倍。"

我以为她会为拥有四个乳房而感到自卑，没想到她好像引以为荣，很乐于跟我谈她的乳房。

"幸而经期来的时候，这两个乳房不会痛。"她用手按着两个在进化过程中出了问题的乳房。

男人如果拥有一个四个乳房的太太，还会去找情妇吗？男人多爱一个女人，是不是为了四个乳房？

下班前，我接到森的电话，我告诉他我今天看到一个有四个乳房的女人。

"真有这种怪事？"

"你喜欢四个乳房的女人吗？"我问森。

"听来不错。"

"你是不是想要四个乳房所以多爱一个女人？"

"我自己也有两个乳房，和你加起来就有四个，不用再多找两个乳房。"他说。

"你那两个怎算是乳房？只能说是乳晕。"我笑。

"你今天不是要上课吗？"

"我现在就去。"

我报读了一个时装设计课程，每星期上一课。上课地点在尖沙咀。导师是位三十来岁的男人，名字叫陈定梁。他是时装设计师。我在报章上看过他的访问，他大概很喜欢教书，所以愿意抽出时间。人说卖花姑娘插竹叶，陈定梁也是这类人，穿得很低调，深蓝色衬衫配石磨蓝牛仔裤和一对帆船鞋。

他把自己的出生日期写在黑板上，他竟然和我同月同日生。

"我是天蝎座，神秘、性感、多情，代表死亡。到了这一天，别忘了给我送生日礼物。"陈定梁说。

我还是头一次认识一个跟我同月同日生的男人，感觉很奇妙。

下课后，我到百货公司的面包店买面包，经过玩具部，一幅砌图①深深吸引了我。那是一幅风景，一所餐厅坐落在法国一个小镇上。餐厅是一幢两层高的平房，外形古旧，墙壁有些剥落，屋顶有一个烟囱，餐厅外面有一张餐桌，一对貌似店主夫妇的男女悠闲地坐在那儿喝红酒。我和森常常提到这个故事。森喜欢喝红酒，喜欢吃，我跟他说，希望有一天他能放下工作，放下那份压得人透不过气的工作压力，我们一起开一家餐厅，他负责卖酒和下厨，我负责招呼客人，寂寞的客人晚上可以来喝酒、聊天。每当我说起这个梦想，森总是笑着点头。我知道这可能只是一个梦想，永远不会实现。但憧憬那些遥远的、美好的、只有我们两个人的日子，能令我快乐一些。

我没有想到今天我竟然看到了跟我们梦想里一模一样的一家餐厅，只是地点不同。我付钱买下了这幅砌图。

这时一个男人匆匆走过，腋下夹着一条法国面包，原来是陈定梁。

"你也喜欢砌图？"他停下来问我。

---

① 香港称拼图为砌图。

“我是头一次买。”

“你是不是天蝎座的？你的气质很像。”他说。

“是吗？也许是的，我的工作很性感，我卖内衣的。”

“为什么会选这幅砌图？”他用腋下的法国面包指指我的砌图。

“这家餐厅很美。”我说。

“我到过这家餐厅。”陈定梁说。

“是吗？这家餐厅在哪里？”

“在法国雪堡。①”

“雪堡？”

“那是一个很美丽的地方，有一部法国电影名叫《雪堡雨伞》②，香港好像译作《秋水伊人》，就是在雪堡拍摄的，你没有听过‘I Will Wait for You’吗？是《雪堡雨伞》的主题曲。”

陈定梁拿着长条法国面包在柜台上敲打拍子。

“你这么年轻，应该没有看过这套电影。”他说。

“你好像很怀旧。”我说。

“怀旧是中年危机之一嘛。”

“画中的一双男女是不是店主夫妇？”

陈定梁仔细看看画中的一双男女。

“我不知道。我到雪堡是十年前的事。这幅砌图有多少块？”

---

① Therbourg，内地通译为瑟堡。法国西北部重要军港和商港。

② The Umbrellas of Cherbourg，由雅克·德米（Jacques Demg）导演，是二十世纪六十年代法式浪漫爱情电影经典，获得1964年戛纳影展“金棕榈”奖，全片用音乐歌曲取代对白。

"两千块。"

"有人又有景，难度很高啊！"

"正好消磨时间。"我指指他夹在腋下的法国面包，问："这是你的晚餐？"

陈定梁点点头，他像拿着一根指挥棒。

我跟陈定梁在玩具部分手，走到面包店，也买了一条法国长条面包。

走出百货公司，正下着滂沱大雨，一条法国长条面包突然把我拦住。

"你要过海吗？"陈定梁问我。

我点了点头。

"我送你一程吧！这种天气很难等到出租车。"

"能找到'I Will Wait for You'这首歌吗？"我问他。

"这么老的歌，不知道能不能找到，我试试看吧，有很多人翻唱过。"

"谢谢你。《秋水伊人》是一个怎样的故事？"

"大概是说一对年轻爱侣，有缘无分，不能在一起，许多年后，两个人在油站重逢，已经各自成家立室，生儿育女。"

陈定梁把车驶进油站。

"对不起，我刚好要加油。"

"你的记忆力真好，这么旧的电影还记得。"

"看的时候很感动，所以直到现在还记得。"

"能找到录像带吗？"

"这么旧的电影，没有人有兴趣推出录像带的。好的东西应该留在回忆里，如果再看一次，心境不同了，也许就不喜欢了。"

"有些东西是永恒的。"

陈定梁一笑："譬如有缘无分？"

"是的。"

我挂念森。

陈定梁送我到大厦门口。

"再见。"我跟他说。

我回到家里，立即把饭桌上的东西移开，把整盒砌图倒出来，颜色接近的放在一起，急不及待开始将我和森梦想中的餐厅再次组合，这幅砌图正好送给他做生日礼物。

砌图不是我想象中那么容易，我花了一个通宵，只砌出一条边。早上，当森的电话把我吵醒时，我伏在饭桌上睡着了。

"我发现了我们所说的那家餐厅！"我告诉森。

"在哪里？"森问我。

"就在我面前，是一幅砌图，你要不要看？"

"我陪你吃午饭。"

我心情愉快地回到内衣店，徐玉打电话来约我吃午饭。

"今天不行。"

"约了唐文森？"

"嗯。字无过呢，他不是下午才上班的吗？"

"他忙着写小说，已经写了一半，想快点写好。我怕留在家里会骚扰他写稿。告诉你一件事。"

"什么事？"

"我最近常常不见胸围。"

"又给大鸟拿来做巢？"我大笑。

"我用衣夹夹着的，大鸟不可能衔走吧？我怀疑有人偷走我的胸围。"

"除非那人是变态的。"

"有这个可能。"

"那你要小心啊！嘿嘿。"我吓唬她。

午饭时间，我回到家里，继续我的砌图，森买了外卖来跟我一起吃。

"是不是跟我们的餐厅一模一样？"我问森。

森点头："几乎是一样，竟然真的有这家餐厅。"

"你看过一套法国电影，叫作《秋水伊人》吗？"

森摇头。

"你有没有听过一首歌叫'I Will Wait for You'？"

"好像有些印象。"

森拿起砌图块砌图。

"你不要弄我的砌图。"

"我最高纪录是每星期完成一幅砌图，不过两千块的，我倒是没有砌过。"

"你有砌图吗？你从来没有告诉我。"我坐在森的大腿上。

"上大学时比较空闲。我砌了好几十幅。"

"那些砌图呢？送一幅给我。"

"全都不知丢到哪里去了。你要砌这幅图吗？"

"嗯。"

"你有这种耐性？"他用充满怀疑的眼光看着我。

"我有的是时间，我大部分时间都在等你。"

"你知道砌图有什么秘诀吗？"

"什么秘诀？"

森笑说："尽量买些简单的，这一幅太复杂了。"

"我一定可以完成这幅砌图的，你走着瞧吧。"

"好香啊！楼下又做蛋糕了。"森深呼吸一下。

"你想吃吧？我去买。"我起来。

"不。我要上班了。我先送你回去。"

我用手扫扫森的头发："你多了很多白头发。"

"要应付你嘛。"

"别赖我，你的工作太辛苦了，不能减轻工作吗？"

"再过几年，想做也没有人请呢。"

"胡说。"

"做外汇的人，四十岁已经算老。"

"你还未到四十岁。"我突然觉得他像个孩子。

森送我回内衣店，我们在路上手牵着手，他突然甩开我的手说："你自己回去吧，我再找你。"然后匆匆往相反方向走了。这已经不是第一次，他突然丢下我，必定是碰到熟悉的人。我看着迎面而来的人，会不会其中一个是他太太？

我茫茫然走在街上，作为第三者，这是我的下场。

我在走进内衣店之前抹干眼泪，徐玉正跟珍妮和安娜聊天。

"你回来了？我正在跟她们讨论如何对付偷胸围的变态人。"徐玉说。

"你打算怎样对付这个胸围贼？"安娜问徐玉。

"哼，如果给我抓到他……"

"先用麻包袋套住他的头，痛打他一顿，然后将他阉割，游街示众，五马分尸。"我说。

"用不着这么严重吧？又不是杀人放火。"徐玉惊讶地望着我。

我只是想发泄一下我的愤怒。电话响起，我知道是他。

"我刚才看见她的妹妹。"

"是吗？她没有看见你吧？"我冷冷地说。

他沉默了一会儿。

"我现在要工作。"我挂了线。

"今天晚上我们一起去抓那个胸围贼！"我跟徐玉说。

"今天晚上？"

"你不是说他爱在晚上出没的吗？"

"但不知道他今天晚上会不会来，而且宇无过今天晚上不在家。"

"这些事情不用男人帮忙。况且,只敢偷内衣的男人,也不会有杀伤力。"

下班之后,我和徐玉一起回家。

"你准备了鱼饵没有?"我问徐玉。

"鱼饵?"

"胸围呀!要找一个比较诱惑的。"

"有一个。"

徐玉走进睡房,在抽屉里拿出一个红色蕾丝胸围,十分俗艳。

"你穿红色胸围?"我吃了一惊。

"是很久以前凑兴买的,只穿过一次。"她尴尬地说,"他喜欢偷有颜色的胸围,黑色、紫色、彩色的都偷了,只有白色的不偷。这个红色他一定喜欢。"

"是的,这个颜色很变态。"我说。

徐玉把红色胸围挂在阳台上。

我们把屋里的灯关掉,坐在可以看到阳台的位置。徐玉的家在二楼,我们猜测胸围窃贼可能是附近的住客,沿着水渠爬上二楼檐篷来偷窃。

我坐在椅子上,问徐玉:"这里有没有攻击性武器?"

"拖把算不算?"

她跑入厨房拿出一个湿漉漉的拖把来:"还没有弄干。"

"不要用这个,用扫帚吧。"

"我的拖把就是扫帚。"

"你用拖把扫地？不可思议！"

"有了！"徐玉说，"用宇无过的皮带！"

她从沙发上拿起一条男装皮带挥舞。

"皮带？我怕他喜欢呢！"

"那怎么办？"

"有没有球拍之类？"

"有羽毛球拍。"

"可以。"

我和徐玉从晚上十时开始守候，直至十二时，阳台外依然没有任何风吹草动。

"他会不会不来？"徐玉说。

这时电话突然响起来，把我们吓了一跳。

徐玉接电话。

"是宇无过。"她说。

我托着头坐在椅子上，如果森在这里就好了，我有点害怕。

阳台外出现一个人影。

"他来了，快点挂线。"我小声跟徐玉说。

那人爬上阳台，鬼鬼祟祟地拿了徐玉的红色胸围，我立刻冲出阳台，手忙脚乱拿起椅子扔他。椅子没有扔中他，徐玉拿起球拍扔他，那人慌忙逃走，徐玉又随手拿起一大堆杂物扔他，那个人慌张起来，跌了一跤，整个人摔到一楼的檐篷上，再滚到地上。

我们跑到楼下，那个胸围贼被几个男人捉住，手上还拿着胸围。

出乎我意料之外，他的样子并不猥琐，三十多岁，皮肤白皙，理一个小平头。

有人报了警，警察来到，要我和徐玉到警察局录口供，那个偷胸围的男人垂头丧气地坐在一角。

我有点后悔，我没想到这件事会弄到三更半夜，而且如果这个男人刚才掉到地上一命呜呼，我和徐玉便成了杀人凶手，虽然可以说是自卫杀人，但是，一个人毕竟不值得为一个胸围丧命。

"这个胸围是谁的？"当值的男警问我和徐玉。

"是我的。"徐玉尴尬地回答。

"这个胸围要留作呈堂证供。"

"呈堂证供？"我和徐玉面面相觑。

"这是证物，证实他偷胸围。"警员指指那个男人。

"我不控告他了。"徐玉说。

"不控告他？"警员反问徐玉。

"是的，我现在可以拿走这个胸围了吧？"

那个胸围贼感动得痛哭起来。

我和徐玉一同离开警察局，她把那个红色的胸围丢到垃圾桶里。

"糟了！那叠原稿纸！"徐玉的脸发青。

"我刚才是不是用原稿纸掷那个胸围贼？"徐玉问我。

"我看不清楚，好像有几张原稿纸。"

"你为什么不制止我？那是宇无过写好的稿！"徐玉哭丧着脸。

"你肯定？"

"那些原稿纸有没有字？"徐玉紧紧握着我的手。

"我没有留意，也许是空白的。"

"对，也许是空白的。"她舒了一口气。

我回到家里已是凌晨两点钟，那个胸围贼会痛改前非吗？我想大概不会，恋物癖也是一种执着，如果不可以再偷胸围，他会失去生活的意义。

我坐在饭桌前砌图，直到凌晨四点钟，刚好完成了四条边。就在这个时候，徐玉来找我，她手上拿着一叠肮脏的原稿纸，哭得死去活来。

"那些原稿纸不是空白的，是他写了一半的小说，答应了明天交给报馆。"徐玉说。

"你们吵架了？"

"我回到家里，宇无过铁青着脸等我，他很愤怒，他说：'我怕你出事，从报馆赶回来，却在大厦门口发现我自己写的小说。这些原稿纸满地都是，有些掉在坑渠边，有些掉在檐篷上，跟橙皮果屑剩菜粘在一起。还有，大部分原稿都不见了。'我说是我一时错手拿来扔那个胸围贼，他不肯听我解释。他花了很长时间写这个小说，都是我不好。"

"那你为什么会走出来？他赶你走？"

"他没有赶我走，他要走，我不想他走，唯有自己走。他从来没试过向我发这么大的脾气，我怕他会离开我。"

"不会的。"我安慰她。

"我这一次是很认真的。"徐玉哽咽。

"我知道，所以你处于下风。"

"我今天晚上可以留下来吗？"

"当然可以，你和我一起睡。"我跟徐玉说，"你手上拿着些什么？"

"我在街上拾到的原稿，你有没有原稿纸？我想替他抄一遍。"

"我家里怎会有原稿纸？"

"你去睡吧，不用理我。"

"我明天不用上班。"

"你在砌图？"她站在我的砌图前面。

"不知什么时候才可以砌好。这是我和森的餐厅，我常常担心，当我砌好的时候，我们已经分手了。"

"你想嫁给他吧？"

"那是不可能的事，结过一次婚的男人不会结第二次婚。不可能犯同一个错误两次吧？"

"你有多少青春可以这样虚度？"徐玉问我。

"哦。没有太多。我只是不会后悔而已。"

我把睡衣借给徐玉。

"我们还是头一次一起睡。"我跟徐玉说，"其实应该说，在这张床上，是头一次，我不是自己一个人睡到天亮。"

"宇无过一定还在写稿。"徐玉把传呼机放在床边。

第二天早上醒来，已经不见了徐玉。

饭桌上有一张字条，是徐玉留下给我的。

"我惦念着宇无过，我回去了。"

我早就猜到她是无胆匪类，不敢离家出走。

电话响起，我以为是徐玉，原来是森。

"你昨天晚上去了哪里？"他问我。

"你找过我吗？我昨天晚上抓到一个胸围贼。"

"有人偷你的胸围？"

"不，是徐玉得到垂青。"

"你没事吧？"

"如果你在那里就好了。"

"到底发生什么事？"

"没事，他被拉着上警察局了，只是在那一刻，我很想你在我身边。"

"我今天晚上陪你吃饭。"

从早上等到晚上，真是漫长，我的生活一直是等待，等森找我，等他跟我见面。

我们在中环一家法国餐厅吃饭，这家餐厅很有法国小餐厅的特色。

"你为什么会来这家餐厅？"我问森。

"有同事介绍的。怎么样？"

"当然比不上我们那一家。"我笑说。

"答应我，以后别再去捉贼，无论什么贼也不要捉。"森说。

"你能够一直保护我吗？"

"我永远不会离开你。"他说。

"可惜，我不能一直留在你身边。"我说。

"为什么？"

"你不是说一个女人的青春有限吗？我会一直留在你身边，直到我三十岁。"

"为什么是三十岁？"

"因为三十岁前是一个女人最美好的岁月。三十岁后，我要为自己打算。"我说。

第二章

——

雪堡的天空

"我有一件东西送给你。"这天晚上，森临走的时候跟我说。

"是什么东西？"

"我今天在一家精品店看到的。"他从口袋里掏出一个绒盒，里面有一条项链，链坠是一颗水晶球，水晶球里有一只蝎子。

"送给天蝎座的你最适合。"

他为我戴上项链。

"蝎子是很孤独的。"我说。

"有我你就不再孤独。"他抱着我说。

"我舍不得让你走。"我抱紧他，可是我知道他不能不回家。

"今年你的生日，你会陪我吗？"我问他。

他点了点头，我满意地让他离开。

这天晚上上课，陈定梁患了重感冒，不断流眼泪。

"你找到那首歌了吗？"我问他。

"找不到。"他说。

我有点失望。

"你的项链很漂亮。"他说。

"谢谢你。"

"是蝎子吗？"

"是的。"我转身想走。

"我只能找到歌词。"他从背包里拿出一张纸。

"不过歌词是法文的。"陈定梁说。

"我不懂法文。"

"我懂，我可以翻译给你听。"

"谢谢你。"

他咳了几下："可不可以先找个地方坐下来，我想喝一杯很热很热的柠檬蜜糖。"

"我约了朋友在附近的餐厅吃饭，一起去好吗？"我约了徐玉下课后来找我。

"也好。"

在餐厅里，他要了一杯柠檬蜜糖，我热切地期待他为我读歌词，他却拿出手帕施施然抹眼泪和鼻水。

"怎么样？"我追问他。

"是重感冒，已经好几天了。"

他很快便知道自己会错意："这首歌对你真的很重要？"

我微笑不语。

"好吧！"他呷了一口柠檬蜜糖，"听着，歌词大意是这样：

　　我会永远等你，

　　这几天以来，当你不在的日子，

　　我迷失了自己，

　　当我再一次听到这首歌，

　　我已不能再欺骗自己，

　　我们的爱情，难道只是幻象？"

"就只有这么多？"

"还有一句，"他流着泪跟我说，"我会永远等你。"

徐玉站在陈定梁后面，吓得不敢坐下来。

"我给你介绍，陈定梁，是我的导师；徐玉，是模特儿。他在读歌词给我听。"

"我还以为你们在谈情。"徐玉说。

"你怎会有歌词？"我问陈定梁。

"不知道是别人抄下来送给我，还是我抄下来想送给别人，是很久以前的事了。给你。"

"这好像不是你的字迹。"我说。

"那是别人写给我的了。"

"那个人还在等你吗?"我笑着问他。

陈定梁用手帕擤鼻涕:"都十几年了,应该嫁人了吧。有谁会永远等一个人?"

"有些女人可以一直等一个男人。"我说。

"女人可以,但男人不可以。"

"男人为什么不可以?"

"因为男人是男人。"陈定梁冷笑摇头。

我对于他那副自以为是的样子很不服气:"你不可以,不代表所有男人也不可以。"

"有一个男人等你吗?"他反过来问我。

"这跟我们现在讨论的题目没有关系。"

"你试过等一个男人吗?"

"这又有什么关系?"

"你等一个男人的时候,会不会和另外一些男人上床?"

"这样就不算是等待了。"徐玉说。

"但男人不可能一直等下去而不跟其他女人上床。"陈定梁又拿出手帕擤鼻涕。

"你不能代表所有男人。"我说。

"对。但我是男人,所以比你更有代表性,我并没有代表女人说话。"

"男人真的可以一边等一个女人，一边跟其他女人发生关系吗？"徐玉问。

"甚至结婚也可以，这两件事本身是没有冲突的。"

"没有冲突？"我冷笑。

"当然没有冲突，所以男人可以爱两个女人。"

我一时语塞，或许陈定梁说得对，他是男人，他比我了解男人，因此可以解释森为什么跟一个女人一起生活，而又爱着另一个女人。原来男人觉得这两者之间并没有冲突。

"如果像你这样说，便没有男人会永远等待一个女人了。"徐玉说。

"那又不是。"陈定梁用手帕抹眼泪。

"有男人会永远等待一个女人。"陈定梁说。

"是吗？"我奇怪他忽然推翻自己的伟论。

"因为他找不到别的女人。"他气定神闲地说。

"如果所有男人都像你，这个世界上就不会有荡气回肠的爱情故事了。"徐玉说。

"你相信有荡气回肠的爱情故事吗？"陈定梁问徐玉。

徐玉点点头。

"所以你是女人。"陈定梁说。

徐玉还想跟他争论。

"我肚子饿了，吃东西好吗？"我说。

"我想吃肉酱意大利粉。"徐玉说。

"你呢？"我问陈定梁。

"我不妨碍你们吗？"

我摇了摇头。

"我想再要一杯柠檬蜜糖。"他说。

"你要吃什么？"

"不吃了。"

陈定梁喝过第二杯柠檬蜜糖之后，在椅子上睡着了。也许由于鼻塞的缘故，他的鼻孔陆陆续续发出一些微弱的鼻鼾声，嘴巴微微张开，身体向徐玉那边倾斜。

"要不要叫醒他？"徐玉问我。

"不要，他好像病得很厉害，让他睡一会儿吧。你和宇无过是不是和好如初了？"

"我离开的那个晚上，他一直没有睡过。"

"那个小说怎么办？"

"他重新写一遍。"徐玉从皮包里拿出一本书，说："这是宇无过的新书。"

"这么快？"

"这是上一辑连载小说的结集。"徐玉说。

"又是这家出版社？你不是说这家出版社不好的吗？"宇无过的书，封面并不吸引人，印刷也很粗劣。

"没办法，那些大出版社只会找大作家，不会发掘有潜质的新人，这是他们的损失。不过，只要作品好，一定会有人欣赏的。"徐玉充满信心。

"好的，我回去看看。"

"这个故事很吸引人的，我看了很多次。"

我和徐玉谈了差不多一个小时，陈定梁仍然睡得很甜，鼻鼾声愈来愈大，我真害怕他会窒息。

我用力拍拍他的肩膊，他微微张开眼睛。

"你睡醒了没有？"我问他。

"噢，对不起。"他醒来，掏出皮包准备付账。

"我已经付了。"我说。

"谢谢你。我送你回家。"

"徐玉住在西环，可以顺道送她一程吗？"

"当然可以。"

"你家里不会有女人等你吧？"徐玉故意讽刺他。

"女人的报复心真强！"陈定梁摇着头说。

陈定梁用他的吉普车送我们过海。他看到我手上的书。

"宇无过？我看过他的书。"

"真的吗？"徐玉兴奋地问他。

"写得不错。"

"宇无过是徐玉的男朋友。"我说。

"是吗？这本书可以借给我看吗？"陈定梁问我。

"可以，让你先看吧！"我跟陈定梁说。

"你为什么会看宇无过的书？"徐玉问陈定梁。

过了隧道，陈定梁的车子一直向西环驶去。

"你不是应该先在中环放下我吗？"我说。

"噢！我忘了。"

"不要紧，先送徐玉回去吧。"

"你问我为什么会看宇无过的书，"陈定梁跟徐玉说，"最初是被宇无过这个名字吸引的。"

我笑了。

"你笑什么？"陈定梁问我。

"宇无过这个名字你知道是什么意思吗？"

"周蕊！"徐玉用手指戳了我一下。

"是宇宙没有错。"徐玉说。

"乳罩没有错？"陈定梁笑了起来。

徐玉气结："宇无过第一个小说是写人类侵略弱小的星球，宇宙没有错，错的是人类，所以那时他用了这个笔名。"

"相信我，这个笔名很好，会走红的。"我笑着说。

"这个我知道。"徐玉得意扬扬。

"不过这个封面的设计很差劲。"陈定梁说。

"我也知道，没办法啦，他们根本付不起钱找人设计。"徐玉说。

"下一本书我替你设计。"陈定梁说。

"真的？"徐玉兴奋得抓着陈定梁的胳膊。

"他收费很高的。"我说。

"放心，是免费的。"陈定梁说。

"你真好，我刚才误会了你。"徐玉说。

陈定梁先送徐玉回家，再送我回家。我刚回到家里，便接到徐玉的电话。

"陈定梁是不是喜欢你？"徐玉问我。

"你觉得他喜欢我吗？"

"他故意走错路，等到最后才送你，很明显是想跟你单独相处吧？我今天晚上才认识他，他竟然愿意为宇无过免费设计封面，不可能是为了我吧？"

"我也是第二次跟他见面。"

"那可能是一见钟情，你有麻烦了！"

"他跟我是同月同日出生的。"

"真的？"

"我也吃了一惊。"

"时装设计师会不会很风流？"

"陈定梁好像对女人很有经验。"我说。

"你不要拒绝他。"徐玉忠告我。

"为什么？"

"你要是拒绝他，他便会拒绝替宇无过设计封面，你不喜欢也可以敷衍他，求求你。"

"岂有此理，你只为自己着想。"

"其实我也为你好，你以为你还很年轻吗？女人始终要结婚。"

"你怎么知道陈定梁不是有妇之夫？我不会犯同一个错误两次。"

我把陈定梁给我的歌词压在砌图下面。我说过三十岁会离开森，这个跟我同月同日生的陈定梁在这个时候出现，难道只是巧合？到目前为止，他并不讨厌，凭女人的直觉，我知道他也不讨厌我。女人总是希望被男人喜欢，尤其是质素好的男人。我把项链脱下来，在灯光下摇晃，水晶球里的蝎子是我，水晶球是森，在这世上，不会有一个男人像他这样保护我，一个已经足够。

这个时候，电话响起，我拿起电话，对方挂了线，这种不出声的电话，我近来常常接到。

几天之后的一个上午，我接到一个电话。

"喂，是谁？"

"我是唐文森太太。"电话那一头，一个女人说。

我呆住。

"那些不出声的电话全是我打来的，"她说，"你跟唐文森来往了多久？"

"唐太太，我不明白你在说什么。"我唯有否认。

"你不会不明白的。我和唐文森拍拖十年，结婚七年。这四年来，他变了很多，我知道他天天在跟我说谎。你和他是怎样认识的？"

"我可以保留一点隐私吗？"

"哼！隐私？"她冷笑，"我相信你们还不至于敢做越轨的事吧？"

她真会自欺欺人。

"他爱你吗？"她问我。

"这个我不能代他回答。"我说。

"他已经不爱我了。"她说得很冷静。

她那样平静和坦白，我反而觉得内疚。

"你可以答应我，不要将今天的事告诉他吗？"她说。

"我答应你。"

电话挂上了，我坐在饭桌前面，拿起砌图块砌图，我以为我会哭，可是我没有。这一天终于来临了，也解开了我一直以来的疑惑，森并没有同时爱两个女人，他只爱我一个人。

森在黄昏时打电话来，他说晚上陪我吃饭。

我们在一家鸟烧店吃饭。森的精神很好。他刚刚替银行赚了一大笔钱。我很害怕这天晚上是我们最后一次见面，我不知道那个女人会做些什么。我紧紧依偎着森，把一条腿搁在他的大腿上。

我答应了她不把这件事告诉森，虽然我没有必要遵守这个承诺，但我不希望她看不起我，以为我会拿这件事来攻击她。

第二天早上，森没有打电话给我，我开始担心起来。到了下午，终于接到他的电话。

"你为什么不告诉我？"他问我。

是我太天真，我以为她叫我不要告诉森，她自己也会保守秘密。

"昨天晚上，她像个发疯的人。"他说。

"那怎么办？"

他沉默良久。

"是不是以后不再见我？"我问他。

"我迟些再找你。"他说。

我放下电话，害怕他不会再找我。

晚上要上时装设计课。

陈定梁让我们画设计草图。我画了一件晚装，是一袭吊带黑色长裙，吊带部分用假钻石造成，裙子是露背的，背后有一个大蝴蝶结。我心情很差，浪费了很多纸张，画出来的那一件，和我心里想的，仍然不一样。我很气愤，把纸捏成一团，丢在垃圾桶里。

下课后，我离开课室，陈定梁追上来。

"宇无过的书我看完了，可以还给你。"

我看到他手上没有东西。

"我放在车上了。你要过海吗？"

"你今天的心情好像不太好。"他一边开车一边说。

"女人的心情不好是不用任何解释的。"我说。

车子到了大厦门口，我下车。

"等一下，"他走到车尾厢拿出两个大西瓜说，"今天我回粉岭探过我妈妈，她给我的。我一个人吃不下两个，送一个给你。"

"谢谢你。"我伸出双手接住。

"这个西瓜很重，我替你搬上去。"

亏他想得到用这个借口来我的家。

陈定梁替我把西瓜放在冰箱里。

他看到我的砌图，说："已砌了五分之一？"

我看看腕表，是十点零五分，森也许仍然在公司里。

"我的前妻今天结婚。"陈定梁说。

原来陈定梁离过婚。今天对他而言，想必是个不太好的日子。我们同月同日生，想不到也在同一天心情不好。

"你为什么不去参加婚礼？"

"她没有邀请我。"

"那你怎么知道她结婚？"

"我妈妈今天告诉我的，我前妻和我妈妈的关系比较好。"陈定梁苦笑。

"那你们离婚一定不是因为婆媳问题。"我笑说。

"是我的问题。"陈定梁说。

"我真是不了解婚姻。"我说。

"我也不了解婚姻，但我了解离婚。"

我不太明白，只想听听他又有什么伟论。

"离婚是一场很痛苦的角力。"

森大概也有同感吧？分手比结合更难。

"时候不早了，我先走了。"陈定梁说。

"谢谢你的西瓜。"

"我差点忘了，宇无过的书。"陈定梁把宇无过的书还给我。

"好看吗？"

"不错，不过还不是一流水平。"

"世上有多少个一流？"我说。

陈定梁走了，我觉得很寂寞，没想到他竟然能给我一点点温暖的感觉。我看着时钟一分一秒地过去，已经是凌晨三点钟，森会不会在家里，正在答应他太太他不再跟我见面？

我匆匆地穿好衣服，走到森的公司的楼下，在那里徘徊。我从来没有做过这种傻事，我甚至不知道他是否在办公室里。

街上只有我一个人，长夜寂寥，我为什么不肯死心，不肯相信这一段爱情早晚会灭亡？这不过是一场痛苦的角力。

我在街上徘徊了不知道多久，终于看到有几个男人从银行出来，但看不见森，也许他今天晚上不用当值吧。

十分钟之后，我竟然看到森从银行出来，森看到了我。

"你为什么会在这里？"

"我挂念着你！"我扑到他怀里。

"这么晚还不去睡？"

"我睡不着，你是不是打算以后不见我？"

"我送你回家。"

凌晨四点钟，中环仍然寂寥，只有几个晨运客。我们手牵着手，我突然有一种感觉，森不会离开我的。

"我是不是吓了你一跳？"我问森。

"幸亏我没有心脏病。"他苦笑。

"对不起，我应该把她打电话给我的事告诉你。"我说。

"反正她都知道了。"

"你有没有答应她不再跟我见面？"

"我要做的事，从来没有人可以阻止我。"

"那么，就是你自己不想离婚而不是你离不成婚，对不对？"

"一个三十七岁的女人，你叫她离婚后去哪里？"

"哦，原来是这样，我宁愿三十七岁的是我。"

我这一刻才明白，女人的年岁，原来也能使她成为一段婚姻之中的受保护者。

"我们以后怎么办？"我问森。

"你以后不要用姓周的传呼我，就用姓徐的吧。"

"为什么我要姓徐？"我苦涩地问他。

"只是随便想到，你的好朋友姓徐嘛。"

"好吧！那我就姓徐，是徐先生还是徐小姐？"我冷笑。

"随便你，但不要留下电话号码。"

"你为什么那么怕她？"

"我不想任何人受到伤害。"森把双手放在我的肩膀上，说："我永远不会离开你。"

"好吧！我改一个电话号码。"

我投降了。当他说"我永远不会离开你"，我便心软。

"已经砌了差不多五分之一，成绩不错啊！"森看到我的砌图。砌图上已出现了半家餐厅，只是我们也许不会拥有自己的餐厅了。

森离开之后，我躺在床上。任何一个稍微聪明的女人都应该明白这个时候应该退出，否则，当青春消逝，只能永远做一个偷偷摸摸的情人。然而，我竟然愿意为他改姓徐，有时候，我真痛恨我自己。

森的生日愈来愈接近，我每天都在砌图。星期天，徐玉来我家里，埋怨我只是忙着砌图。

"有人专门替人砌图的。"徐玉说。

"我想每一块都是我自己亲手砌的。"

"他怎会知道？"

"你别再教唆我。"

"宇无过最近很古怪。"徐玉说，"他好像有很大压力，不停地写，还学会了抽烟。"

"怪不得你身上有一股烟味。"

"我真担心他。"

"我没听过写稿会令人发疯的。"我把她打发了。

晚上，我沐浴之后，坐在饭桌前砌图，我已经看到雪堡的天空，雪堡的街道和四分之三家餐厅，只余下四分之一家餐厅和男女主人。

我一直一直地砌，男女主人终于出现了。我嗅到楼下蛋糕的香味，原来已是清晨，我嵌上最后一块砌图，是男主人的胸口。

终于完成了，我忘了我花了多少时间，但我终究看到属于我们的餐厅。到时候，森会负责做菜，我负责招待客人。午饭之后，我们悠闲地坐在餐厅外聊天。

上班之前，我到郭小姐的蛋糕店订蛋糕，她很殷勤地招呼我。

"还是头一次在这里订蛋糕啊！"她说。

“我朋友生日嘛。”

“你喜欢什么款式的蛋糕？”

“你是不是什么款式都能做？”我试探她。

“要看看难度有多高。”

我把砌图的盒面交给她：“蛋糕面可以做这家餐厅吗？”

“这家餐厅？”她吓了一跳。

“噢，算了吧，的确是太复杂。”

“你什么时候要？”她问我。

“明天。”

下班的时候，森打电话给我。

“你明天晚上会不会陪我？”我问他。

“明天有什么事？”

“明天是你的生日，你忘了吗？”我笑他。

“我真的忘了，我只知道英镑今天收市价多少。”

“那你会不会陪我？如果不行也没有关系的。”我安慰自己，万一他说不能来，我也会好过一点。

“明天什么时候？”

“你说吧。”

“我七点钟来接你。”

森挂线后，徐玉打电话给我。

“宇无过真的有点问题，他这几天都写不出稿。”徐玉很担心。

“正常人也会便秘吧！”

"他这几个星期都没有碰过我。"

"山珍海味吃得多，也会吃腻吧！不要胡思乱想。"

我花了一点时间安慰徐玉，一边想着明天晚上该穿什么衣服。这种日子，一套簇新的内衣裤是必须的。我用员工价买了一件黑色的束衣，刚好用来配衬我刚买的一袭黑色裙子。

这天早上，我先到蛋糕店拿蛋糕。蛋糕做得十分漂亮，跟雪堡的餐厅有八成相似。

"我已尽力而为。"郭小姐说。

"很漂亮，谢谢你。"

我把蛋糕放在冰箱里，把裱好的砌图藏起来才去上班。我提早两小时下班，到理发店洗头。心血来潮，又跑去买了一瓶红酒给他。这时已经是七点十五分了，我匆忙赶回家，森刚从大厦出来。

"我等你很久了。"他说。

"我……我去洗头。"

"对不起。"他说。

"什么意思？"我的身体不由自主地颤抖。

森望着我不说话。

"你说七点钟，现在只是过了十五分钟，我去买酒，买给你的。"我把那瓶红酒从手提袋里拿出来给他看。

"我不能陪你。"他终于肯说出来。

我愤怒地望着他。

"她通知了很多亲戚朋友今天晚上吃饭。"森说。

"你答应过我的。"我狠狠地扫了他一眼，跑回家里。

他没有追上来，他不会追来的，他也要回家。

我把那瓶红酒喝光了，吐了一地。我把藏在衣柜里的砌图拿出来，本来是打算送给森的，现在我拆开镜框，把砌图平放在地上，这是我们的餐厅。我用一只手将整幅砌图翻过去，砌图散开了，我把它捣乱。那种感觉真是痛快，我把自己亲手做的东西亲手毁了。他毁了盟约，我毁了他的礼物。毁灭一件东西比创造一件东西实在容易得多。

对了，冰箱里还有一个蛋糕。我把蛋糕拿出来，盒子还没有打开，上面绑了一个蝴蝶结。

我带着蛋糕来到徐玉家里拍门，她来开门。

"生日快乐。"我说。

徐玉呆了三秒，我把蛋糕塞到她手上。

"发生什么事？"她问我。

"我要去洗手间！"

我冲进去，抱着马桶吐了很久。我听见徐玉去喊宇无过来扶我。他们将我抱到沙发上，徐玉倒了一杯热茶给我。

"你不是跟森吃饭的吗？"徐玉问我。

我吐了之后，人也清醒了很多，这时我才发现宇无过的样子变了很多，他头发凌乱，满脸须根，而且变得很瘦，口里叼着一根烟。

"你为什么变成这样？"我禁不住问他。

"你们谈谈吧，我进去写稿。"宇无过冷冷地说。

"他为什么会变成这样的？"我问徐玉。

"我早跟你说过，他从一个月前开始就变成这样，天天把自己困在房间里写稿，今天还把工作辞掉，说是要留在家里写稿。"

"他受了什么刺激？"

"我想是一个月前报馆停用他的小说吧，他很不开心。他给自己很大压力，说要写一本畅销书，结果愈紧张愈写不出，愈写不出，心情便愈坏。"

"每个人都有烦恼啊！"我的头痛得很厉害。

"你为什么喝那么多酒？

"那个女人故意的。她今天晚上通知了很多亲戚朋友去跟森庆祝生日，令他不能陪我。"

"你打算怎么样？"

"我本来可以放弃的，但现在不会，我不要输给她，我要跟她斗到底。"

"你？你凭什么？"徐玉问我。

"我知道森喜欢的是我。"我说。

"那么今天晚上他为什么不陪你？"

我没法回答。是的，他纵有多么爱我又有什么用？他始终还是留在她身边。

"周蕊，你才是第三者！"

徐玉这句话好像当头棒喝。我一直没想过自己是第三者，我以为他太太是第三者，使我和森不能结合。现在想起来真是可笑。

"对不起，我不是故意的。"徐玉在我身边坐下来，双手抱着膝盖说："为了爱情，我也不介意做第三者。算了吧，我和你都是凭感觉做事的人，这种人活该受苦。"

"我今天晚上可以留下来吗？我不想回家。"

"当然可以。你跟我一块儿睡。"

"那么宇无过呢？"

"他这两个星期都在书房里睡。"徐玉惆怅地说。

我躺在徐玉的床上，迷迷糊糊地睡着了。半夜，我的膀胱胀得很厉害，起来上洗手间，书房的门半掩着，我看到宇无过背着我，坐在书桌前面不断地将原稿纸捏成一团抛在地上，书房的地上，被捏成一团团的原稿纸铺满了。他转过身来看到我，脸上没有什么表情。他大概会是第一个写小说写到发疯的人。

早上，我把徐玉唤醒。

"我走了。"

"你去哪里？"

"不上班便没有生活费。"

"你没事了吧？"

"我决定跟唐文森分手。"我说。

"分手？你好像不是第一次说。"徐玉不太相信我的说话。

"这一次是真的。我昨天晚上想得很清楚，你说得对，我才是第三者，这个事实不会改变，永远也不会。"我痛苦地说。

"你真的舍得离开他？"

"我不想再听他的谎言，我不想再一次失望。被自己所爱的人欺骗，是一件很伤心的事。"

"我不知道，我时常被自己喜欢的人欺骗的。"徐玉苦笑。

"我会暂时搬回家里住。"

"为什么？"

"我不想见到森，我不想给自己机会改变主意。"

这个时候，我的传呼机响起，是森传呼我。我离开徐玉的家，把传呼机关掉。

虽然四年来说过很多次分手，但没有一次是真心的，这一次不同，我有一种绝望的感觉。从前我会哭，这一次我没有。我回家收拾衣服，那幅砌图零碎地散在地上，我和森的餐厅永远不会出现了。电话响起，我坐在旁边，等到电话铃声停了，我知道是森打来的，电话没有再响起，他一定以为我在生气，明天便会接电话。我拿着手提袋离开。经过一楼，见到郭小姐。

"周小姐，去旅行吗？"她笑着问我。

"是的。"

"那个蛋糕好吃吗？"

我点点头，我根本没有吃过。

回到内衣店，安娜说唐文森打过电话给我。他紧张我，只会令我更坚决地离开他。电话再响起，我拿起话筒。

"你去了哪里？"他问我。

"我忘了跟你说生日快乐。生日快乐。"我说。

"我今天晚上来找你，好不好？"

"算了吧，我不想再听你说谎。"

"今天晚上再谈。"

"不，我不会见你的。那所房子，我会退租，谢谢你给我快乐的日子，再见。"我把电话挂断。

森没有再打电话给我。我没想到我终于有勇气跟他说分手。我从来没有这么爱一个人，我学会了爱，却必须放手。

下班后，我去上时装课，陈定梁看到我拿着一个手提袋，有点奇怪。

"你赶搭夜机吗？"

"不是。"

"我送你过海。"

"谢谢你，我今天不过海。"

"我有东西给你。"陈定梁交了一卷录音带给我，"你要的'I Will Wait for You'。"

我没想到会在这一刻收到这首歌，表情有点茫然。为什么我总是迟来一步？

"你已经找到了？"他问我。

"不，谢谢你，你怎么找到的？"

"我有办法。"

我回到妈妈家里，把录音带放在录音机着播放。

"我会等你！"是一个多么动人的承诺！可是，森，对不起，我不会等你。

我离家两星期，森没有找我，也没有来内衣店。我期望他会打电话再求我，或者来内衣店找我，可是他没有。虽然分手是我提出的，但我的确有点失望，他怎么可以就此罢休？也许他知道再求我也是没用的，不是我不会回心转意，而是他无法改变现实。

我和徐玉在戏院里看着一套很滑稽的性喜剧，徐玉笑得很大声，我真的笑不出来。

"又是你说要分手的，他不找你，你又不高兴。"徐玉说。

"你跟一个男人说分手，不可能不希望他再三请求你留下来吧？"

"你根本舍不得跟他分手，你仍然戴着他送给你的项链。"

是的，我仍然舍不得把项链脱下来。

"森会不会发生意外？他不可能音讯全无的。"我说。

"不会吧。不可能这么凑巧的。如果你担心，可以找他呀。"

"他很奸狡，想以退为进。他知道我会首先忍不住找他。"

"什么都是你自己说的。"

"我想回家看看。"

"要不要我陪你回去？万一唐文森在家里自杀……"

"他不会为我死的。"

我又回到我和森的那个家，或许森曾经来过，留下一些什么的，又或者来凭吊过，然后不再找我。

我推门进去，这里和我离开时一样，但地上的砌图不见了。一幅完整的砌图放在饭桌上。

不可能的！我走的时候明明把它倒在地上，变成碎片。是谁把它砌好的？

森从浴室出来。

"你什么时候来的？"我问他。

"两个星期前。"

"两个星期前？"我问森。

他走到那幅砌图前面说："刚刚才把它砌好。"

"你天天都在这里？"

"每天有空便来砌图。"森说。

"这么快便砌好？"

"你忘了我是砌图高手吗？不过，这幅图的确很复杂，如果不是拿了两天假期，不可能完成。"

"你为什么要这样做？"我含泪问他。

"这是我们的餐厅。"森抱着我。

"讨厌！"我哭着把他推开。

"你说分手的那天晚上，我回来这里，看到这幅砌图散在地上，我想把它砌好。我想，如果有一天你回来，看到这幅砌图，或许会高兴。"

"你以为我会回来吗？"

"不。我以为你不会回来了，你一定以为我一直欺骗你。有时候，我觉得自己很自私，我应该放你走，让你去找一个可以照顾你一生一世的男人。"

"你就不可以？我讨厌你！我真的讨厌。告诉你，我从来没有这么讨厌一个人。"我冲上去，扯着他的衣袖，用拳头打他。

森紧紧地把我抱着。

"我讨厌你！"我哭着说。

"我知道。"他说。

我用力拥抱着森，我真的讨厌他，尤其当我发现我无法离开这个人。我抱着这个久违了十四天，强壮温暖却又令人伤心的男人的身体，即使到了三十岁，我也无法离开他。爱情，有时候是一件令人沉沦的事，所谓理智和决心，不过是可笑的自我安慰的话。

第三章

——

倒退的飞鸟

"宇无过要走了！"

在内衣店关门之后，徐玉走来跟我说。

"去哪里？"

"他想去美国读书。"

"读书？"

"听说美国有一所学校专门教人写小说的，迈克尔·克莱顿^①也在

---

① Michael Crichton，1942年出生，美国畅销书作家，在影视拍摄方面也有优异成绩。

那里上过课，后来便写出了《刚果》①和《侏罗纪公园》。"

"是吗？我倒没有听过。"

"早阵子宇无过的确把我吓了一跳。这几天，他好了很多。他说是灵感枯竭，所以给了自己很大压力，他想出去走一走。"

"这是好事，否则他可能是本港开埠以来第一个因为写科幻小说而发疯的人。"

"可是，他说要自己一个人去。"

"一个人？要去多久？"

"他说想去多久就多久。"

"他想跟你分手吗？"

徐玉无助地望着我，一滴眼泪忍不住掉下来："他没有说分手，他说他想尝试过另一种生活，他被生活压得透不过气了。也许我妨碍他创作吧，作家是不是不能有太稳定的感情生活？"

我不懂得回答这个问题，我以为作家和其他人并没有分别，任何人也在稳定和不稳定的感情关系中徘徊，时而得到平衡，时而失去平衡，但有一点可以肯定，宇无过和徐玉的感情正在改变。这个男人开始想摆脱这段感情，想寻求出路。结果只有两个：他终于发现徐玉是他最爱的女人或他终于决定和徐玉分手。

徐玉打开皮包拿出纸巾抹眼泪，我看到她的皮包里放了很多现钞。

"你为什么带那么多现钞出来？"

---

① 内地通译为《刚果惊魂》。

"我到银行提给宇无过的，给他去美国。"

"是你的积蓄？"

徐玉点头："这里有几万元，是我全部的积蓄。"

"他这个人太任性了，拿你的钱自己去旅行。"我说。

"他不是去旅行，他去散心。周蕊，宇无过向来也是个任性的人，你没有跟他一起生活，你不知道罢了。他常常是自己喜欢怎样便怎样，不理会别人的感受，我做他的女人，要常常跟在他后面，替他收拾残局。譬如报馆打电话来追稿，他从来不肯接电话，都是我去跟人家说话的。他骂了人，是我去跟人家道歉的。他不肯起床去上班，是我打电话去替他请病假的。我知道他不喜欢应酬，我到现在还不敢要他去见我的家人。"

我摇头苦笑。

"你笑什么？"徐玉问我。

"我跟宇无过原来很相似，我是最任性的一个，向来是森替我收拾残局的。看来我很幸福。"

"我没有觉得自己不幸福啊！我喜欢照顾宇无过，觉得他需要我这一点是很重要的。"

我跟徐玉不同，不习惯照顾别人。我喜欢被照顾，觉得被照顾这一点对我是很重要的。

"宇无过什么时候走？"

"很快了。"

"那你怎么办？"

"他答应会打电话给我的。这几天，我想了很多东西，是我以前不会想的。爱一个人，应该给他空间，对不对？"

"你聪明了很多。"我赞叹。

如果有一种女人，要靠恋爱和失恋来成长，徐玉便是这种女人。

两个星期之后，宇无过带着徐玉给他的钱去寻找自由和空间。徐玉在送机时强忍着眼泪，宇无过却像浪子那样轻快地离开。我还是认为被人照顾比照顾别人幸福得多。有一个人永远为你收拾残局，又何妨任性？

半年一次的减价从这一天开始，内衣店来了很多平时不会来光顾的人，这些人通常舍不得买昂贵的内衣，所以往往在大减价时才来光顾。

黄昏时，一个身材瘦削的女人进来挑选内衣，她的样子很面熟，我好像是认识她的。这一天忙得头昏脑涨，一下子想不起在哪里见过她。女人的身材并不丰满，我看她顶多只能穿三十二A。她在店里徘徊了很久，我忍不住问她：

"小姐，有什么可以帮忙吗？"

"是不是有一种神奇胸围？"她问我。

"啊，是的。"我早猜到她想要一些特别效果的胸围，所以要待店里的人不太多时才鼓起勇气开口。

"神奇胸围有三种，你要哪一种？"我问她。

"有哪几种？"

"有劲托的、中度的和轻托的。"

"劲托。"她毫不犹豫地说。

"劲托这一款很畅销呢，能够将胸部托高五厘米。"

"这样会不会好像欺骗别人？"她有点犹豫。

"欺骗别人？怎能说是欺骗别人呢？其实就和化妆差不多，只是美化而已。化了妆也不用告诉别人，对不对？"

她对我的解释很满意，说："那让我试试看。"

"你要什么尺码？"

"三十二A。"她轻声说，脸上带着自卑。

三十二A的女人在试衣间内逗留了超过二十分钟。

"小姐，需不需要帮忙？"我问她。

"会不会太夸张？"她让我进试衣间。

她的左胸上有五颗小痣，排列得像一个逗号。我不会忘记这个逗号。

"你是不是游颖？"我问她。

"你是周蕊？"

全凭一个逗号。

"你真是游颖？我认得你这个逗号。"我指着游颖胸前那个由五颗小痣排成的逗号。

"太好了！我刚才就觉得跟你很亲切，好像很久以前见过你。"游颖拉着我的手，高兴得团团转。

我和游颖可说是在婴儿期就已经认识，她比我早出生三个月，我们是邻居，又在同一所小学就读，天天一起走路上学。

我和她常常一起洗澡，所以我认得她胸前的逗号，游颖则说像一只耳朵。我宁愿相信是逗号，有一只耳朵在胸前，实在太奇怪了。游颖从前是很胖的，我以为她长大了会变成一头河马，没想到她现在这么瘦，所以我差点就认不出她了。

"你清减了很多。"我跟游颖说。

"我十岁以前是很胖的，但发育时不肯吃东西，所以就弄成这副身材。"

"我还以为不会再见到你，你为什么会突然搬走的？"

我记得那时游颖读小学五年级，他们一家人突然在一夜之间搬走，游颖甚至退了学，那天之后我们便失去联络。我到现在还不明白她为什么会搬走。当时我是很失落的，一个小孩子，突然失去了最要好的朋友，使我有童年阴影，我很害怕身边的人会在一夜之间消失，不留一句话，也没有一声道别，便离我而去。

游颖坐下来说："事情是这样的，我爸爸当时中了一张头奖马票。"

我吓了一跳："头奖马票？"

"奖金有一百万，是十八年前的一百万元，可以买很多房子。"游颖说。

"原来你们发了达！"

"我爸爸是一个疑心很大的人，他拿了奖金之后，很害怕亲戚朋友和邻居知道后会向他借钱或者打他主意，勒索他，绑架他的儿女，等等。他愈想愈怕，便乘夜带着我们从香港搬到新界，替我们四兄妹转了学校。他自己还去改了一个新的名字。"

"那你岂不是变成了富家小姐？"

"后来的故事不是这样的……"游颖说。

"我爸爸拿着那一百万，只买了一所房子，那时有谁会想到房价会升得这么厉害。他以前在制衣厂工作，一心想拥有自己的制衣厂。他在荃湾买了一间制衣厂，自己做制衣生意。头几年的确赚到钱，后来，他看错了时机，以为弹性衣料会流行，买了一批橡筋。"游颖说。

"橡筋？"我奇怪。

游颖用手比划着："是很粗很大条的橡筋，一捆一捆的，每捆像一匹布那样大，掺进布料里，就变成弹性衣料。他以为一定会凭那批橡筋发达，到时候还可以炒卖橡筋，于是把厂房押给银行，通通拿去买橡筋。"

"结果呢？"

"结果弹性衣料没有流行起来，厂房卖了给别人，橡筋搬回家里，我们屋里全是橡筋。睡的地方、吃的地方、浴室、厨房，都是橡筋。"

"你爸爸就是这样破了产？"

"不。那时我们还有一所房子。爸爸深深不忿，把房子押了，又再搞制衣厂，结果连唯一的一所房子也没有了。我们从荃湾山顶搬到荃湾山脚。我爸爸的马票梦只发了十年。"

"你爸爸真是生不逢时，那批橡筋，他买早了十几年，现在才流行弹性衣料呢！"我说。

"我也时常这样取笑他。我一直都想到以前住的地方找你，但，走的时候那么突然，回去又不知道说什么好。"

"没想到我们会在这里重逢。"我说。

"是啊！一重逢就让你知道我的三围尺码了。"

"你一定有男朋友啦！"

游颖惆怅地说："这一刻还是有的，不知道明天会不会分开。"

"为什么这样说？"我问游颖。

"任何一段恋情，只要日子久了，就会变得平淡。"游颖无奈地说。

在内衣店里跟她谈这个问题好像不太适合，我提议一起吃晚饭。

"好啊！反正他今天晚上不会陪我。"游颖说。

我和游颖在中环云咸街吃印度菜。

游颖从钱包里拿出一张相片给我看，相片中的她，依偎着一个男人。

"他叫常大海。"游颖甜蜜地说。

"长得很好看啊！一表人才。"我说。那个男人的确长得眉清目秀。

"我们一起七年了，他是当律师的。"

"你们怎样认识的？"

"我们在同一家律师行工作。我是大老板的秘书。"

"你叫游颖，他叫大海，真是配合得天衣无缝。"

"我们当年也是因为这个微妙的巧合而走在一起的。"

"我也认识一个跟我同月同日生的男人，但我们不是恋人。"我说。

"所谓巧合只是在初期能够使两个人的关系进展得快一点而已。"游颖说。

"你们的问题出在什么地方？是不是有第三者？"

"我可以肯定他没有第三者，我也没有。"

"那是什么原因？"

"我的胸部太小了……"游颖说。

"你的胸部其实不算小，在中国女人来说，也很合符标准，我见过比你小的。"我安慰游颖。

她仍然愁眉不展地说："你就比我大。"

我看看自己的胸部，尴尬地说："我也不是很好。大小不是问题，有些女人的胸部很大，却是下垂的。有些女人的胸部不算大，但乳房的形状很美。"

"老实说，我很自卑。大海说过我的胸部太小。"

"他这样说？"

"他不是恶意批评，只是偶然提及过，而且不止一次。"

"但你们一起已经七年了，他不会今天才认识你的身体吧？"

"当然不是。我们最初在一起的时候，我问过他介不介意，他说他不喜欢大胸脯的女人。但我知道他其实是喜欢大胸脯的。"

"男人年纪大了，望女人的视线便会向下移，由脸孔下移到胸部。"我笑着说。这是森告诉我的。

"周蕊，原来真的有所谓七年之痒的。"游颖认真地跟我说，"我以前也不相信。我和大海七年了，他近来经常在做爱时睡着，他从前绝对不会这样。我发现他看《花花公子》，你知道，这本杂志里面登的照片全是大胸脯女人。律师行最近来了一个刚刚毕业的女律师，那个女人的胸部很大，坐下来吃饭时，一双乳房可以搁在桌子上。"游颖企图示范给我看，可惜她的搁不上桌子。

"是不是这样？"我示范给她看。

"对，就是这样。她跟大海实习。"

我明白游颖为什么要买神奇胸围了。

我不是性学专家，我不能替游颖解决她和常大海之间的性问题。我想，七年来跟同一个人做爱，也许真的会闷吧，尤其是男人。

"这个真的有用吗？"游颖指指刚刚买的胸围跟我说。

"你今天晚上试试看吧！"

"你知道吗？我从来没有买过这么昂贵的胸围。"

"过了减价这段日子，我可以用员工价替你买。"

"谢谢你。"

"我等你的好消息！"

我和游颖交换了联络电话，没想到我们十八年没有见面，一见面便大谈性问题，儿时相识果然是特别亲切的。

第二天早上，我接到游颖的电话。

"真的很有用！"她说得春心荡漾。

"他大赞我性感，我还是头一次听到他用这个形容词形容我。他昨天做爱时没有睡着呢！"

"那不是很好吗？看来你要大量入货！"

我没想到女人的内衣竟然和性学专家有相同的功用。一个为性而憔悴的女人好像重获新生。

这天晚上，在床上，我问森："你会不会厌倦？"

"对什么厌倦？"

"对我的身体。"我坐在他身上说。

"为什么这样说？"

"天天对着同一个女人的身体，总有一天会厌倦的。"

"谁说的？"

"我问你会不会。"

"我可以跟你一起，什么也不做的。"他抱着我。

"你以前也抱过另一个女人。你和她是不是有什么秘密协议？你答应了她在某天之后不再跟我见面。"

"你的想象力真是丰富。"他摇头苦笑。

"难道我们就这样一直继续下去？"

"这所房子，如果要买的话是多少钱？"他问我。

"至少也要二百多万。"

"我买下来给你。"他认真地跟我说。

"不要。"我说。

"为什么不要？你不喜欢这里？"

"你为什么要买下来给我？"

"你是我最喜欢的女人。"他吻我。

"我又不是你太太，你买给她吧。"我跟他赌气。

"是我欠你的。"

"你没有欠我，即使你欠我，也不是金钱可以补偿的。"

"我知道。我想给你一点安全感，如果有一天，我不在你身边，不在这个世界上，我希望你能够生活得好一点。"

我伏在森的身上，泣不成声。如果我有一所房子，却失去他，那所房子又有什么用呢？

"别哭！"他替我抹眼泪，"你明天去问问业主，要多少钱才肯卖。"

"你是不是想把这所房子当作分手的礼物？"我问他。

森莞尔："世上哪有这么阔绰的男人，分手还送房子？你真是不了解男人。"

"有一天，你不爱我了，便会收回这所房子，对不对？"

"我不会不爱你，也不会收回房子。你为什么要怀疑我？连你都不相信我？"

"不，我相信你。"我抱着森。他大概不明白，他突然送一份厚礼给我，是会令我胡思乱想的。

徐玉的想法刚刚跟我相反，她说："他肯买房子给你，就是打算跟你天长地久。"

我问过业主，他要卖二百六十万。因为是旧楼的缘故，银行只肯做六成按揭。

"不用做按揭，全数付款好了。"森说。

"你不怕我得到房子之后不要你吗？"我没想到他那样信任我。

"我从来没有怀疑你。"

"房契用我们两个人的名字登记好吗？"

"不要，不要用我的名字。"

"为什么？"我问他。

"用你一个人的名字登记就好了。如果加入我的名字，将来我有什么事，你便会失去一半业权。"

"如果你有什么事，我要这房子也没有用。"

"不要这样傻，你应该保障自已。万一我跟她离婚或我有什么不测，我的东西她都可以拿走一半或全部。"

这是森第一次提到离婚。

"你会离婚吗？"

"离婚我便一无所有。"他苦笑。

"如果钱能解决问题，为什么不用钱？"

"这个世界，除了钱，还有道义，她还能找到什么男人？"

男人总是自以为是，他们不肯离婚还以为自己很高尚，他们以为那个女人找不到比他更好的男人，却不明白，男人不爱一个女人，却迟迟不肯放手，只是在剥夺她找到一个更爱她的男人的机会。

"你以为我可以找到好男人吗？"我问他。

"你可以的，你长得这么漂亮，很多男人也想追求你。"他捧着我的脸说。

我常常以为缺乏安全感的是我，原来森比我缺乏安全感，他在工作上运筹帷幄，信心十足，却害怕一个女人会离他而去。我看着森远去的背影，一个拥有这么坚强的背影的男人，竟然害怕失去我。

"森！"

他回头问我："什么事？"

我强忍着泪水说："我不会走的。"

"到三十岁也不会走？"他笑着问我。

我摇头。

徐玉来内衣店，送了一套床单和枕袋给我。

"那所房子以后是你的了，该布置得漂亮一点儿。"她说。

"宇无过有没有打电话回来给你？"

"有啊！还写了一封信给我。"她兴奋地说。

"那不是很好吗？"

"他说很挂念我。"徐玉从皮包里拿出一封由美国寄来的信。

"随身带着呢！一定是一封很感人的信。可以给我看看吗？"

"你要看？"徐玉愕然。

"我没有看过情信嘛！何况是一位作家的情信！一定是感人肺腑、扣人心弦的吧？"

"好吧，见你这么可怜，就让你看看。"

信是这样写的：

玉：

在这里我看到很多飞鸟和白鸽，它们都是向前飞的，我在想，鸟能不能倒退飞呢？结果我在书上发现有一种很小的鸟，叫作蜂鸟，像蜜蜂一样吸食花蜜维生。当它在花的上方悬停，像直升机一样停在一个定飞点时，就可以倒退飞，不过也只能倒着飞一点点……

离开了你，独个儿在外面的这段日子，我时常怀念我们最初认识时的情景，如果人也能像蜂鸟一样倒飞，回到过去，那该是多么美好。时日久了，一切都会变得复杂，我差点忘了我们之间许多美丽的情话，你不在我身边，我又想起来了，真希望可以快点见到你。

宇无过

我真是妒忌徐玉，她竟然收到一封这么动人的情信。

"怎么样？"徐玉问我。

"不愧是作家，好感人啊！"

"我也是！我看了很多遍，每一次看都忍不住哭。"

"他很爱你呢！"

"我很挂念他。"

"为什么不去见他？"

"我哪里还有钱买机票！"

"你是不是要钱用？"

"不用了！宇无过说他想一个人静静地过，我不想打扰他。我不在他身边，他会愈来愈挂念我。我希望看到他自己回来。"

"是的。得不到的东西才叫人魂牵梦萦。"

"所以我开始明白你和唐文森何以这么要好。"

"森可写不出这么感人肺腑的信呢！"

"可是他送你房子呢！"

如果森也是一只蜂鸟，能倒退着飞，飞到没有结婚之前，那该有多好！时日久了，一切都会变得复杂，我跟他一起的时间愈久，他跟那个女人一起的岁月也愈长，情义愈深，愈不会离婚。

"你没事吧？"徐玉问我。

"我在想那蜂鸟为什么可以倒退飞。"

"蜂鸟为什么可以倒退飞？让我写信问问宇无过。"徐玉说。

"蜂鸟可能疯了，所以倒退飞，鸟都是向前飞的呀！"我笑着说。

"是谁疯了？"游颖走进来说。

用了神奇胸围之后的游颖果然是脱胎换骨了，态度也比较风骚。

"你来得正好，我给你们介绍，这是徐玉，是我的好朋友；这是游颖，我们青梅竹马，最近重逢。"

"我见过你！"游颖跟徐玉说，"我在一个胸围广告里见过你！"

"她是模特儿。"我说。

"你的身材很好啊！"游颖赞叹。

徐玉笑得合不拢嘴："不是很好，我只有三十六A。"

"你看来有三十六C。"游颖说。

"没有那么厉害。"

"三十六C不知道会怎样的呢？"游颖一脸好奇。

"大概和一个三岁小孩子的头差不多大吧！"我说。

"我的身材不够周蕊好看啊！她全身都很平均，她是三十四A呢！"

"我小时候看不出来呢！"游颖说，"真是羡慕你们，我只有三十二A。"

"那我们岂不是三个A Cup的女人？"徐玉说。

"不是三个去club的女人就行了！"我说。

"今天为什么这么空闲？"我问游颖。

"大海今天晚上有工作要做，我来找你吃饭，你有空吗？"

"三个人一起吃好不好？"

"好呀。"徐玉说。

"我等一会儿告诉你们一个三十六Ｃ的故事。"游颖说。

我和游颖、徐玉在一家上海馆子吃饭。

"快告诉我三十六Ｃ的故事，到底是谁？"我问游颖。

"不就是在律师行实习的那个女律师嘛！她叫奥莉花·胡。自从她来了之后，律师行的男人都眼福不浅。"

"她时常穿低胸衫吗？"徐玉问。

"她还可以用双乳来抹桌子呢！"游颖冷笑。

"你这么恨她，她一定是常向常大海抛媚眼吧？"我取笑游颖。

"她最近闹出一个笑话。"游颖说，"她穿了一条松身的吊带裙回来，那个没有肩带的胸围掉了下来，虽然她及时用手接住，却已经出丑了！"游颖一副幸灾乐祸的表情。

"她可能用了一些廉价的胸围。"我说。

整个晚上，游颖不停地在说那个奥莉花·胡的是非，我觉得她对那个奥莉花的憎恨有点不寻常，她不断取笑奥莉花的骄人身材，几乎笑得眼泪也掉下来，反而像是妒忌多于憎恨。

徐玉去了洗手间，游颖跟我说："我想隆胸。"

"隆胸？"我吓了一跳。

"你有没有相熟的整容医生？"游颖问我。

"我还没有整过容。"我尴尬地说。

"我知道大海是喜欢大胸的。"游颖沮丧地说。

"你不是说你们现在的关系很亲密的吗？况且你现在也用了神奇胸围。"

"就是因为这个缘故，我才想隆胸，以后便不需要用神奇胸围了，我想满足他。"

"身体是你自己的，隆胸有很多后遗症。从前的人以为硅很安全，现在不也证实了有问题吗？"我努力说服游颖放弃隆胸的念头。

"现在医学昌明。"

"我刚刚看过一段新闻，一名隆过胸的土耳其女星的胸脯突然爆开，整个塌了下来。"

游颖吓了一跳："真的吗？"

"况且，即使你隆了胸，也瞒不过大海，如果他爱你，不会想你去冒这个险。你的身材其实很平均，胸小一点有什么问题？正所谓室雅何须大，隆胸也不一定漂亮的。我见过几个隆了胸的客人，我的手不小心碰到她们的乳房，很硬啊，完全不真实。"

游颖似乎被我吓到了，笑着说："其实我也不过想想罢了，我还没有勇气。"

这时候，徐玉从洗手间回来了。

"你猜我碰到谁？"

"谁？"我问她。

"王思思，以前做模特儿的，你也见过。"

我想起来了，王思思是时装模特儿，颇有点名气，以平胸著名，她虽然平胸，却很有性格。

"原来她嫁人了。"徐玉说。

"嫁得好吗？"我问徐玉。

"她丈夫是著名的整容医生，很多明星也找他整容的，她还给了我一张名片。"

游颖精神一振，这次徐玉闯祸了。

"整容医生？是很著名的吗？"游颖拿了徐玉手上的名片来看。

"王思思就好像隆过胸，她的胸从前很平坦的，现在好像丰满了很多。"徐玉说。

"这个给我可以吗？"游颖问徐玉。

"你想整容吗？"徐玉好奇。

"你不是来真的吧？"我问游颖。

第二天，我还是放心不下，再打电话给游颖。

"你不要随便去整容。"我提醒她。

"我想了一整晚，还是提不起勇气，你真是幸福，不需要经历这种思想挣扎。"游颖说。

"我有其他的思想挣扎。"我说。

"你想见见常大海吗？"游颖问我。

"我可以见他吗？"

"为什么不可以？我跟他提过你呢！"

游颖约了我在中环吃午饭。这是我第一次跟常大海见面，他完全不像一个喜欢大胸的男人。

常大海大概有一米七八，眉清目秀，游颖说他喜欢大胸的女人，我不期然会幻想他色眯眯的样子，但这个样子与他并不配合。

常大海是负责刑事诉讼的律师。

"去年那宗太太肢解丈夫的案件，他是辩方律师。"游颖说。

"我只是在初期担任她的辩护律师而已，最后还得由大律师出庭。"常大海更正。

"她肢解了自己的丈夫，还把他的肉煮来吃，只是囚禁六年，是不是判得太轻？"我问常大海。

"法律不是要判决某人有没有做过某件事，而是他有没有合理的理由解释他所做的事。这个女人精神有问题。"常大海说。

"她丈夫整整二十年没有跟她行房。"游颖说。

"明知一个人有罪，还要替他否认和辩护，会不会很痛苦？"我问常大海。

"法律本来就是一场很痛苦的角力。"常大海说。

"我也听过类似的话，那句话是：离婚是一场很痛苦的角力。"我说。

"结不结婚也是一场很痛苦的角力。"游颖突然有感而发，幽怨地望着常大海。

常大海好像充耳不闻。

"做人也是一场很痛苦的角力。"我打趣说。

"噢，是的，是的。"游颖频频点头。

游颖笑的时候，口里的柠檬水不慎掉到衣服上，常大海拿出自己的手帕替她抹去身上的水渍。大海对她还是很细心的，只是，大部分男人都不想结婚。

"你太太会不会趁你熟睡时把你剁成肉酱，然后煮来吃？"回到内衣店后，我在电话里问森。

"这件事早晚会发生。"森说。

"她一定是爱得你很厉害，才想吃你的肉。"

"恨之入骨也会做同样的事情。"

"没有爱，又怎么有恨呢？"我苦涩地说。

"那你是不是也会把我剁成肉酱？"

"我不喜欢吃肉酱。"我说。

"万一我不幸变成肉酱，你还会认得那团肉酱是我吗？"森笑着问我。

我突然觉得很害怕，我真怕他会被那个女人剁成肉酱。

"不要再说了！"

"这个也许是任何一个男人变心的下场，不是那话儿被剁成肉酱，便是整个人被剁成肉酱。"

"不要再说了，求求你。"我哀求他。

"如果你发现我变成一团肉酱，不要害怕，那是爱你的代价。"

我忍不住流泪，如果要他为我变成肉酱，我宁愿把他还给那个女人。

晚上上时装设计课时，我想着那一团肉酱，什么胃口也没有。

"一起吃饭好吗？"下课后，陈定梁问我。

反正没有人陪我吃饭，我便跟他吃饭，陈定梁选择了附近一家意大利餐厅。

"我要肉酱意粉。"他跟服务生说。

我差点想吐。

陈定梁吃肉酱意粉吃得津津有味。

"我昨天晚上碰到我前妻。"陈定梁说。

"你们真是有缘。"我说。

"她怀孕了，肚子隆起。"陈定梁用手比画着。

"你是高兴还是失意？"我从他脸上看不出来。

"当然是高兴，不过也很失意。她跟我一起五年，连蛋也不曾下过一只，跟现在的丈夫结婚不久，便怀孕了。"他苦笑。

"你很喜欢小孩子吗？"

"不喜欢，而且还很害怕。"

"那你有什么好妒忌的！"

"她跟别人生孩子嘛！"

"你得不到的东西，别人也休想得到，对不对？"我讽刺他。

"你不是这样的吗？"他反过来问我。

"我没有这种经验。"我说。

"你是卖内衣的吗？"他问我。

"你想买来送给人？"

"有没有特别为孕妇设计的内衣？"

"有特别为孕妇而制造的内裤，因为她们的肚子大，穿不下一般内裤。一般怀孕妇女也要换过一些尺码比较大的胸围，因为她们的乳房会膨胀，旧的不合穿。生了孩子之后，胸部可能会松弛，便要用质料比较硬的胸围。生完孩子之后，肚皮松弛，也要穿上特别的腰封收肚。所以，一位顾客一旦怀孕，我们便有生意做了。"我说。

"原来是这样，做女人真辛苦。"

"你为什么对孕妇那么有兴趣？你对前妻仍然念念不忘，对吗？"

"不，只是我看到她怀孕，感觉很奇怪，我们曾经睡在一起，我熟悉她的裸体，自然对于她的身体的变化很好奇，也很关心。"

"男人都是这样的吗？分手了，仍然想念她的身体？"

"不是每一个女人的身体他都会想念的。"陈定梁说。

"不是对她念念不忘，却又想念她的身体，这个我不明白。"

"男人可能没有爱过一个女人，却仍然会回忆她的身体，只要她的身体曾经令他快乐。"

"如果像你所说的，男人的回忆可以只有性，没有爱。"我说。

"难道女人不是这样？"

"女人的回忆必须有爱。"我说。

"说谎！"他冷笑。

"你凭什么说我说谎？"

"女人难道不会回忆和男人的某一场性爱？"

"那是因为她爱那个男人。"我强调。

"回忆一场性爱就是一场性爱，不应该有其他因素。"

陈定梁这个人真可怕，他很自信，也很相信自己对女人的了解能力。女人当然会单单回忆某一场性爱，但要女人亲自承认这一点，是太难了。

"是一个女人告诉我的。"陈定梁说。

"她说她回忆你和她的一场性爱，却不爱你吗？"我挖苦他。

"你很爱嘲弄人。"

"这是我的特长。"我得意地说。

陈定梁驾着他的吉普车送我回家。

"宇无过第二本书什么时候出版？我答应过替他设计封面的。"陈定梁说。

"他去了美国修读一个短期课程，他和徐玉有一点问题，不过现在应该没事了。"

"是什么问题？"他问我。

"每一对男女都有问题的啦！"

"说的也是。"他笑笑说。

"开吉普车好玩吗？"我看到他一副很陶醉的样子。

"你有没有驾驶执照？"他问我。

"有，是五年前考到的，但从来没有开过车。"

"你要不要试试开这辆车？"他问我。

"不，我不行的，我已经忘了怎样开车。"

"你有驾驶执照便不用怕！"陈定梁把车停在路边。

"来，由你来开车。"

"不！不！不！"我连忙拒绝。

"来！来！来！不用怕，我坐在你旁边。"陈定梁不断游说我。

我大着胆子爬上驾驶座。

"你记得怎样开车吗？"陈定梁问我。

我点点头。

"好！开始！"

我发动引擎，绝尘而去，一路顺风。

"不错啊！"他称赞我，"可以再开快一点。"

我加速，在公路上飞驰，不知怎的，整架车翻转了。我和陈定梁倒悬在车厢里。

"怎么办？"我问他。

"当然是爬出去，你行吗？"他问我。

我点了点头，我小时候常常做倒立，所以倒挂着出去也不觉得困难。最尴尬的反而是我穿了一条裙子，倒悬的时候，裙子翻起来，露出整条腿，让陈定梁看到了，他也许还看到了我的内裤。陈定梁爬了出去，再来帮我。

"我们竟然没有受伤，真是奇迹。"陈定梁说。

我和陈定梁合力把吉普车翻转。

"这回由我开车好了。"陈定梁说。

"真是奇怪，我们在同一天翻车。"我说。

"有什么奇怪？我们坐在同一辆车上。"

"我意思是说，我们同月同日生。"

"你跟我同月同日生？"他惊讶。

"是啊！十一月三日，同月同日。"

"竟然这么巧合。"他一边开车一边说。

车子到了我的家。

"我到了，谢谢你送我回来，修车的费用，由我来负担好了。"我说。

"如果还能开的话，我不会拿去修理，这辆车本来就满身伤痕，像我。"他苦笑。

"再见。"我说。

"再见，真不想这么快跟你分手。"陈定梁说了这句话，便开车离去。

我没机会看到他的表情，但他大概更不想看到我的表情。我很惊愕他说出这样一句话。

回到家里，我在镜中看看自己，今夜的我竟然神采飞扬，原来女人是需要被仰慕的。咦，我的项链呢？森送给我的项链我本来挂在脖子上的，一定是翻车的时候掉了。

我连忙走到楼下，陈定梁的车已经去得无影无踪了，那条项链到底掉在车厢里还是掉在翻车的地方呢？我发现我原来没有陈定梁的传呼机号码。在街上茫然若失，正想回去的时候，陈定梁竟然开车回来。

"是不是想找这个？"他调低车窗，伸出手来，手上拿着我的蝎子项链。

"噢！谢谢你。"我欢天喜地接过项链。

"我在车厢里发现的。"他说。

"我还以为掉在翻车的地方。"

"谢谢你，再见。"我跟他说。

"再见。"他说。

我走进大厦里，他还没有开车。

"你还不开车？"我问他。

他这时才猛然醒觉似的跟我挥手道别。

我心里出现的第一个问题是："怎么办？"

我没有打算接受陈定梁，但仍然不知道怎么办。原来拒绝一个人也是很困难的。也许他并不是爱上我，只是今夜太寂寞，很想有一个女人和他温存，而碰巧我是一个卖内衣的女人，他又错误地以为卖内衣的女人很开放，于是想试一下我会不会跟他上床。

我打电话给徐玉，想把这件事情告诉她，她却抢着说："宇无过回来了。"

"宇无过就在身边，我让他跟你说。"徐玉把电话筒交给宇无过。

"周蕊，你好吗？"宇无过的声音很愉快。

"很好，你呢？你刚刚回来的吗？"我问他。

"我惦念着徐玉。"他坦率地说。

徐玉抢过电话跟我说："他回来也不通知我一声，吓了我一跳。我们去吃消夜，你来不来？"

"不来了，不便妨碍你们久别重逢啊！"

"你找我有什么事？"徐玉问我。

"不要紧的。明天再跟你说。"

我挂了线，悲从中来，为什么徐玉和宇无过可以那样自由地在一起，而我和森却不可以？我只好相信，我和森的爱情比起宇无过和徐玉的那一段，甚至比起尘世里任何一段爱情都要深刻和难得。只有这样，我才可以忍受无法和他结合的痛苦。

我把蝎子项链放在温水里洗涤，如果我是蝎子就好了，只要够狠够毒，我会想出许多方法从那个女人手上把森抢过来。可是，我办不到，有良心的女人，其实都不该做第三者。

第二天晚上，徐玉找我吃饭，她说宇无过要谢谢我替他照顾她。我们在一家韩国餐厅吃饭，宇无过比起去美国之前健康得多了，就像我最初认识他的时候一样。

他的打扮依然没有多大进步，仍然穿着一双运动鞋，只是换了一个背包。他没有神经病，也算幸运。

"周蕊想知道蜂鸟为什么可以倒退飞。"徐玉跟宇无过说。那是宇无过写给徐玉的信上提及过的。

"因为蜂鸟的翅膀比较独特。"宇无过说。

"怎样独特？"我问他。

宇无过说："蜂鸟的翅膀平均每秒拍动五十次以上，因为速度如此快，所以可以在空中戛然停止，前进或后退。即使在平时的直线飞行，蜂鸟的翅膀也可以每秒拍动三十次，时速大约五十到六十五公里，麻雀的时速只有二十到三十公里。"

"原来如此。"我说。

"其实倒退飞并没有什么用处。"宇无过说。

"为什么？"徐玉问宇无过。

"人也用不着倒退走。若想回到原来的地方，只要转身向前走就行了。"宇无过说。

"可是，人是不能回到原来的地方的，思想可以倒退飞，身体却不可以。"我说。

"我宁愿不要倒退。"徐玉的手放在宇无过的大腿上说，"如果宇无过像去美国之前那样，不是很可怕吗？"

"那段日子的你真的很吓人。"我跟宇无过说。

他吃吃地笑。

"香港好像没有蜂鸟。"我说。

"蜂鸟多数分布在南北美洲一带，总数有三百多种。"宇无过告诉我。

"能找到蜂鸟的标本吗？"我问他。

"你想要？"他问。

"你为什么对蜂鸟那么有兴趣？"徐玉问我。

"因为那是尘世里唯一的。"我说。

"我在美国认识一位朋友，他对鸟类很有研究的，我试试问问他。"宇无过说。

"谢谢你。你有想过写一个蜂鸟的故事吗？"我跟宇无过说。

"科幻故事？"

"一个男人，化成蜂鸟，一直倒退飞，飞到从前，跟一个本来不可以结合的女人结合……"我说。

第四章

———

情人眼里出A级

我和森在家里吃饭，我发现他戴了一枚我从没有见过的手表，这件事情令我很不安，森也发现我一直盯着他的手表。

　　"我自己买的。"他说。

　　"我又没有问你。"我故作不在意。

　　"但你一直盯着我的手表。"

　　"是吗？"

　　"是十多年前买的，最近再拿出来戴。"

　　"是吗？"我装作不关心。

"不然你以为是谁送给我的？"

"我不知道。"

"除了你，不会有别的女人送东西给我了。"他的手放在我的肩膀上。

我突然觉得很悲凉，因为我不是他身边唯一的一个女人，所以连一枚手表我也诸多联想，不肯放过。

"我并不想盯着你的手表。"我哭着说。

"不要哭。"森拿出手帕替我抹眼泪。

"为什么你总是在最快乐的时候流泪？我们现在一起，不是应该开心才对吗？"森惆怅地问我。

"或许你说得对，我应该开心，因为我不知道什么时候再见不到你。"我说。

"除非我死了。"他说。

"我想再问你一次，你会不会离婚？"我突然有勇气问森。

他没有回答我。

凌晨三点钟，游颖打电话来。

"你还没有睡吧？"她问我。

"我睡不着。"我说。

"为什么？"

也许是太需要安慰了，游颖又是我的儿时好友，于是我把我和森的事告诉她。

"我没想到……"她黯然说。

"没想到我会做第三者？"

"虽然不至于认为你将来会做贤妻良母，的确也没想到你做了第三者。我记得在我搬走之前，你是一个很独立的女孩子。"

"就是独立的女人才会成为第三者啊！因为个性独立，所以可以忍受寂寞，个性稍为依赖一点的，还是做正室好了。"我说。

"那我应该做正室还是第三者？"游颖问。

"你……真的很难说，但看情形，你该是正室啊，且是未来律师太太。大海呢？"

"他在房里睡着了，我在厨房里打电话给你。"

"厨房？"

"刚才睡不着，想找东西吃，来到厨房，又不想吃了，想打电话给你。"游颖满怀心事。

"有什么事吗？"我问他。

"我在大海的车厢里嗅到另一种香水的气味。"

"另一种香水？"

"我用的是香奈儿五号，那种香水该是迪奥。"

"那你怎么做？"

"我问大海，哪一种香水比较香。"游颖在电话里大笑。

"你这么大方？"我奇怪。

"我也奇怪自己这么大方，是不是我已经不爱他？"

"那大海怎样回答你？"

"他说不明白我说什么。"

"那个奥莉花·胡是不是用迪奥的？"我问游颖。

"不是，她用三宅一生的。"

"那么，也许是大海顺路送一个女人一程，而那个女人刚好又用迪奥呢。"我安慰她。

"我也这样安慰自己。"

"鼻子太灵敏也是个缺点。"我说。

"是啊！如果不是嗅到香水的气味，今天便不会睡不着。"

"你不知道我多么羡慕你，你和大海可以一起生活，应该好好珍惜啊，不要怀疑他。"

"如果你和唐文森可以一起生活，也许你也会有怀疑他的时候。"游颖说。

也许游颖说得对，我经常渴望可以跟森共同生活，却没想到，今天我们相爱，爱得那样深，正是因为我们不能一起生活。一旦朝夕相对，生活便变成恼人的一连串琐事。

"你们为什么还不结婚？结了婚，你会安心一点。"我说。

"很久以前，他提出过。这两年，他没有再提起，他不提起，我也不会去提。或许很多人觉得我傻，既然跟他一起七年，便有足够理由要他娶我，我不喜欢威胁别人，我希望是他心甘情愿娶我，而不是因为虚耗了我的岁月，所以娶我。这两者之间，是有分别的。而且，我好像不像从前那么爱大海了。"

"你不是很紧张他的吗？"

"或许我们只是习惯了一起生活，不想重新适应另一个人。"

"我认为你比从前更爱他。"我说。

"为什么你这样认为？"游颖问我。

"就是因为愈来愈爱一个人，也就愈来愈害怕失去他，自己受不了这种压力，于是告诉自己，我也不是很爱他。这样想的话，万一失去他，也不会太伤心。"

她沉默了。

"是不是我说错了什么？"我问。

她倒抽一口气，说："我只是秘书，我再努力，也只是个秘书，不会有自己的事业，但大海的事业如日中天，我不是妒忌他，两个亲密的人是不应该妒忌的，我只是觉得很没有安全感，他的将来一片光明，而我已到了尽头。"

我终于明白游颖不快乐的原因，她既想大海事业有成，可是，又害怕他事业有成之后，彼此有了距离。

三天之后，常大海在我的内衣店出现。

我对于他的出现有点奇怪。

"我想买一份礼物送给游颖。"常大海说。

"原来如此。"

看来他们的关系还是不错。

"她近来买了很多这个品牌的内衣，我想她应该很喜欢这个品牌吧。"

"我拿几件最漂亮的让你挑。"

我拿了几件漂亮的真丝吊带睡衣让常大海挑选。他很快便选了一件粉红色的，果然有律师本色，决断英明。

　　"游颖呢？"我问他。

　　"她约了朋友吃午饭，你有时间吗？一起吃午饭好不好？"常大海问我。

　　"不怕让游颖看到误会我们吗？"我笑说。

　　"她不吃醋的。"

　　他真是不了解游颖，她不知吃醋吃得多要紧。

　　我跟常大海去吃四川菜。

　　"游颖近来是不是有心事？"常大海问我。

　　"我看不出来呀。"我说，我不想把游颖的事告诉他。

　　常大海点了一根烟，挨在椅子上跟我说："我是很爱她的。"

　　我很奇怪常大海为什么要向我表白他对游颖的爱。不管如何，一个男人能够如此坦率地在第三者面前表达他对女朋友的爱，总是令人感动的。我想，游颖的不快乐，在这一刻来说，也许是多余的。他们虽然相恋七年，却好像不了解对方，他不知道她吃醋。她也不知道他如此爱她。这两个人到底是怎样沟通的？

　　"你为什么要告诉我？"我问常大海。

　　"你是她儿时的好友，她向来没有什么朋友。"常大海说。

　　"你想我告诉她吗？"我想知道常大海是不是想我把他的意思转达给游颖知道。

　　常大海摇了摇头："我有勇气告诉你我很爱她，但没有勇气告诉她。"

"为什么？"我不大明白。

"她是那种令你很难开口说爱她的女人。"

我还是第一次听到有一种女人被男人爱着，却令男人不想表白。

"你是说她不值得被爱？"

"不。"常大海在想该用什么适当的字眼表达他的意思，他对用字大概很讲究，就像是在法庭上一样，他想说得尽量准确。

"就像有些律师，你不会对他说真话，因为你不知道他会怎样想，甚至不知道他是否相信你的真话。"常大海终于想到怎样解释。

"你以为她不会相信你爱她？"

"她似乎不是太紧张我。"常大海终于说得清楚明白。

"据我所知，她是很紧张你的。"我说。

如果常大海知道游颖曾经为他想过隆胸，他就不会再说游颖不紧张他了。

"她这样对你说？"常大海似乎很高兴。

"总之我知道，你们大家也紧张对方。"

"但她总是好像什么都不紧张。"常大海说。

我终于想到了，常大海说的，可能是香水那件事。

"你是说她在车厢里嗅到另一种香水的味道，不但没有质问你，反而大方地问你，哪一种香水比较香？"我问常大海。

"她告诉你了？"

"嗯。"

"她的表现是不是跟一般女人很不同？"常大海问。

"那么，那种香味是谁留下来的？"

"我顺道送一位女检察官一程，那种香味大概是她留下来的。"

我猜对了。

"吃醋不一定是紧张一个人的表现。"我说。游颖表面上不吃醋，其实是害怕让常大海知道她吃醋。

"可是，不吃醋也就很难让人了解。"常大海苦笑。

离开餐厅之后，我和常大海沿着行人天桥走，我一直以为只要两个人都爱对方，就可以好好地生活，原来不是这样的。有些人，心里爱着对方，却不知道怎样表达。

我和常大海一起走过行人天桥，一个男人捧着几匹颜色鲜艳的丝绸走过来，在人来人往的天桥上显得十分瞩目。这个人突然停在我面前，原来是陈定梁。

"是你？"我惊讶。

陈定梁的反应有点尴尬，他大概以为常大海是我的男朋友，所以正在犹豫该不该跟我打招呼。

"你遇到朋友，我先走了。"常大海跟我说。

"你要去哪里？"我问陈定梁。

"那人是你男朋友？"他问我。

我笑笑没有回答，我认为我无须告诉陈定梁常大海是不是我男朋友，他要误会，就由得他误会好了，用常大海来戏弄他，也是蛮好玩的。

"这几匹布很漂亮。"我用手摸摸陈定梁捧在手上的一匹布，"料子很舒服。"

"是呀，这是上等布料。"

"用来做衣服？"

陈定梁点点头。

我记得陈定梁是在一个成衣集团里当设计师的，怎么会替人做起衣服来？

"我转工了，自己做设计，生产自己的品牌。"

"恭喜你。"我跟陈定梁握手。

他双手捧着布匹，没法空出一只手跟我握手。

"我还有时间，你要去哪里？我替你拿一匹布。"我说。

"很重的啊！"陈定梁边说边把最大的一匹布交到我手上。

"你……你竟然把这匹布交给我？"我怪他不够体贴。

"男人做得到的事，女人也该做得到。"他说。

我捧着那匹沉重的布跟在他身后面。

"你要去哪里？"我问他。

"快到了。"他走进一个商场。

他的店就在接近上环的一个商场里的一个小铺位，只有几十平米。

"这就是你的店？"我觉得这个地方实在委屈了他。

"我从前的办公室有海景，这个办公室有商场景。"他自嘲说。

"上次见面没听说你自己创业。"我说。

"刚才那个不是你的男朋友。"陈定梁接过我手上的布匹说。

"你怎么知道？"

"你们的眼神不像一对情侣。"

"情侣的眼神也不是永远一致的。他是我朋友的男朋友。这里只有你一个人？"

"我还有一个伙伴。"

"我是不是应该光顾你，做一件衣服，恭贺你新店开张呢？"我说。

"当然欢迎，你想做一件什么样的衣服？"

"刹那间想不到。"

"由我来做主吧，我知道你穿什么衣服好看。"

"我穿什么衣服好看？"我好奇地问他。

"你看到衣服后便知道。"

我气结。

"什么时候做好？"

"做好之后我会告诉你。"

"你对其他客人不会是这样的吧？"

"我会给她们一个完成的日期。"

"为什么我没有？"

"可能是我比较用心做呢！所以不要问我什么时候做好。"

晚上，我跟徐玉和游颖一起吃饭。

"常大海今天找过我。"我跟游颖说。

游颖有点愕然："他找你有什么事？"

"他跟我说他很爱你。"

游颖表情很奇怪，先是愕然，然后笑容愈来愈甜。

"他为什么要告诉你？"游颖问我。

"因为他告诉你的话，你不会相信，你别说是我告诉你的，我答应不说的。"

"他从来没有告诉我。"游颖说。

"你也从来没有告诉他你爱他，对不对？"我问游颖。

游颖无言。

"你没有说过你爱他？"徐玉惊讶，"你们一起七年啊！"

"有些话是不用说出口的。"游颖说。

"我时常告诉宇无过我爱他。"徐玉说。

"这句话很难说出口吧？"游颖坚持，"我从来没有对男人说过我爱他。"

"常大海是很想听你说的。"我说。

"是吗？那他为什么不先跟我说？"

我真是服了游颖，这句话总得有一个人先开口吧，难道要等到死别那一刻才说？我不会吝啬这句话。

"你怕输。"我跟游颖说。

"如果你先跟男人说我爱你，他就会认为你很爱他。你爱他比他爱你更多，那就好像你输了。你是这样想，对不对？"我问游颖。

"男人是这样的，如果你跟他说你爱他，他就不会跟你说他爱你。"游颖说。

"为什么不会？"徐玉说。

"男人知道你爱他，就不会再开口说爱你了，因为他已经处于上风，男人只会在自信心不够的时候才会对女人说'我爱你'。"游颖说。

或许我都忘记了，游颖是一个很怕输的人，小时候，她怎么也不肯跟我比赛跳绳，因为她知道一定会输给我。

"由于不想处于下风，所以你也装作不吃醋，对不对？"我问游颖。

"为什么要让他知道我吃醋？大海不喜欢吃醋的女人。"游颖说。

"你不吃醋，他会以为你不紧张他。"我说。

"还说我不紧张他？"游颖生气。

"我知道你就是紧张他，所以不敢吃醋，可是男人呢，心思没有女人那么细密，他不会知道你的苦心。"我说。

"为什么你和大海好像作战似的，大家都穿上盔甲？"徐玉忍不住问游颖。

"如果是盔甲，都穿了七年，但我们很好啊！"游颖显然很执着。

我开始担心游颖和大海，他们一起七年了，坦白的程度原来那么有限，大家都紧张对方，偏偏都装作不紧张，任何一方都不肯先认输，这种关系是很危险的。

我跟徐玉和游颖分手，回到家里，已经是晚上十二点钟。森打电话给我。

"你在哪里？"我问他。

"在办公室。"

"如果我现在跟你说我爱你，你会不会认为自己处于上风？"我问他。

"怎么会呢？"

"真的不会？"

"你不相信的话，你现在说你爱我。"

"我才不会说，你先说！"

"我旁边有人啊！"他说。

"那你为什么打电话给我？"

"我挂念你。"

这个晚上，这一声"挂念你"好像来得特别温柔和动人。我们毕竟比游颖和大海幸福，他们可以住在一起，却各怀心事。我的心事，森都知道。他的心事，我唯一不知道的，是他对太太的真实感情。

"你说挂念我，我会飘飘然的，你现在处于下风了。"我戏弄他。

"我经常是处于下风的。"他说得怪可怜的。

"我给你牵着鼻子走，你还说自己处于下风？"

"你随时会离开我。"他说。

"你也是随时会离开我，我不过是你生命中的过客罢了。"我难过地说。

"我没有把你当作过客。"

我知道森并没有把我当作过客，我只是觉得我的身份最终也不过是一个过客。

我以前不知道名分对一个女人的重要，遇上森，我才发现名分也是很重要的，单有爱情是不够的。我开始明白为什么有些女人没有爱情，仍然握着名分不肯放手。既然没有爱情了，名分也死要抓住，一天保住名分，始终还是他的人，还有机会等他回来。一个男人对女人最大的歉疚，也许是不能给她名分，所以他用许多爱来赎罪。

"你那样爱我，是不是因为内疚？你用不着内疚，因为那是我咎由自取。"我说。

"如果不爱一个人，又怎会内疚呢？"森说。

森挂了线，我泡了一个热水浴，浴后竟然整夜睡不着，在床上辗转反侧。森说，没有爱，就不会内疚，是先有爱，还是先有内疚呢？他对妻子也内疚，那是因为他曾经爱过她吗？

凌晨三点钟，楼下传来一阵阵蛋糕的香味，郭小姐通常在早上七点钟才开始做蛋糕，为什么这个时候会传来蛋糕的香味呢？我穿上衣服，走下去看看。

我在蛋糕店外拍门，不一会儿，郭小姐来开门，她的头发有点乱，样子很憔悴，脸上的口红也化开了，她平时打扮得很整齐的。

"周小姐，你还没有睡吗？"她问我。

"我睡不着，又嗅到蛋糕的香味。"我说。

"对不起，我不该在这个时候做蛋糕，但我不知道有什么事情可以做，我也睡不着。"她满怀心事，"既然你也睡不着，进来喝杯茶好吗？蛋糕也快做好了。"

"好呀！"我实在抵受不住蛋糕的诱惑，"蛋糕不是有人预订了的吗？"

"不，是我自己做的，你来看看。"

她带我到厨房，从烤箱拿出一个刚刚做好的蛋糕，是一个很漂亮的芒果蛋糕。

我吃了一口，蛋糕很美味。

"郭小姐，这个蛋糕很好吃。"我称赞她。

"你别叫我郭小姐，我的朋友都叫我郭笋。"

"笋？竹笋的笋？"我奇怪。

"我爸爸喜欢吃笋，所以叫我作笋。"

"郭笋这名字很特别。"

"笋有一个好处，就是一年四季都可以吃到，我自己也很喜欢吃笋。"

"你为什么会卖起蛋糕来的？"我问她。

"我跟我妈妈学的，她是家庭主妇，很有烹饪的天分，她做的蛋糕远近驰名，我现在还比不上她呢。我十八岁便从印度尼西亚嫁来香港，生了一个儿子、一个女儿，一直没有工作。我实在吃不惯香港的蛋糕，心血来潮，便自己卖起蛋糕来。经营这家小店也挺辛苦啊！原来以前做少奶奶是很舒服的。"郭笋用手按摩自己的肩膀。

"我来帮你。"我站在她身后，替她按摩肩膀。

"谢谢你。"

"你丈夫不反对你出来工作吗？"

"我们离婚了。"

"对不起。"

"不要紧，这段婚姻除了给我一对儿女之外，还有一笔可观的赡养费，即使什么也不做，也不用担心晚年。"

"你的儿女呢？"

"儿子在英国，女儿在美国，都有自己的生活。"

"真可惜，他们不可以经常吃到你做的蛋糕。"

"你知道我为什么离婚吗？"郭笋问我。

"是不是有第三者？"

郭笋点头："她比我丈夫年轻二十岁，第一次见到她，我自己也吓了一跳，她长得跟我很相似，唯一不同的是，她是我的年轻版本。那一刻，我竟然觉得安慰，我丈夫爱上她，证明他曾经深深爱过我，他爱上了一个和他太太一模一样的人。"

我和森的太太会长得相似吗？这是我经常怀疑，也渴望知道的。

"我年轻的时候身材很迷人！"郭笋陶醉在回忆里。

"我看得出来。"我说。

"我也有过一条腰。"她说。

我差点把嘴里的茶吐了出来，郭笋这句由衷之言真是太好笑了。我正想掩饰我的笑容，郭笋自己却首先笑出来。

"真的，我也有过一条腰。"她站起来，双手叉着腰说："我未结婚之前，腰只有一尺七，生了第一个孩子，还可以保持二尺，生了第二个孩子，就每况愈下了。"

"我从未试过拥有一尺七的腰，最瘦的时候也只有一尺八。"我说。

郭笋用手捏着自己腰部的两团赘肉："我的腰也像往事一样，一去不回了，真正是往事只能回味。"

　　"相信我，你的腰不算很粗。"我看她的腰大概也是二尺三左右。

　　"真的吗？"郭笋问我。

　　"你的胸部很丰满，所以腰部看来并不粗，你的样子很福气呢。"我想郭笋年轻时穿起旗袍一定很风骚。

　　"胸部？不要说了，已经垂到腰了，现在这个样子，只是骗人的。"郭笋苦涩地笑。

　　她这么坦白，我不知道怎样安慰她。

　　"离婚之后，我交过两个男朋友，但每次到最后关头，我都逃避。"郭笋说。

　　"最后关头？"

　　"亲热之前。我在他们想和我亲热之前就跟他们分手。"

　　"为什么？"

　　"我不想让他们看到我松弛的身体，我怕他们会走。今天晚上，那个男人走了。"郭笋沮丧地说。

　　"你等我一会儿……"

　　我跑回家，拿了自己的名片，再回到蛋糕店。

　　"这是我的名片，你明天来找我。"我跟郭笋说。

　　第二天下午，郭笋果然来到内衣店，我在试衣间里看到脱下了上衣的她。

郭笋的体形并没有她自己说得那么糟，她的皮肤光滑雪白，在这个年纪，算是难得的了。她用三十六Ｂ，乳房是下垂，不过不至于垂到腰，大概是胃吧。

"我以前是用三十六Ａ的。"郭笋说。

从Ａ变Ｂ，原来也不是好事，三十六Ａ的徐玉，会不会有一天变成三十六Ｂ？

腰的问题很容易解决，只要用腰封便可以收紧八厘米。

我发现郭笋最大的问题是肚皮松弛及有很多皱纹，那张松弛的肚皮随着它主人转左便转左，转右便转右。它主人俯下时，它也俯下。

"如果可以，我真想割走这张肚皮。"郭笋悻悻然说。

我叫郭笋试穿一个新的胸围、腰封和短束裤，我花了很大气力才将腰封的扣子全扣上。

"这是束得最厉害的一套，可以选择出席重要场合或要穿紧身衣时才穿在里面，平时可以穿一些不太紧的。"我说。

郭笋端详镜中的自己，现在的她，拥有三十六、二十七、三十六的身段，全身的赘肉都藏在内衣里。

"真是神奇！"郭笋望着镜子叹息，"为什么可以这样？"

"全是钢丝和橡筋的功劳。"我说。

"橡筋和钢丝真是伟大发明！"郭笋赞叹。

"原来一个好身材的女人是由许多钢丝造成的！"郭笋一边付钱一边说。

"我等你的好消息。"我说。

这天是最后一课的时装设计课，这一课之后，这个课程便结束。班上十几位同学早就约好今天晚上请陈定梁吃饭，并且一起狂欢。

晚饭之后，我们到一家disco[①]消遣。有人起哄要陈定梁唱歌。

"我只会唱'I Will Wait for You'。"陈定梁嬉皮笑脸对着我说。

"歌谱里没有这首歌。"我说。

"那我们去跳舞，赏面吗？"他跟我说。

我们一起走到舞池，陈定梁不大会跳舞，只会摇摆身体。

"你不常跳舞吧？"我问他。

他拉着我的手，把我拉到舞池中央才放手。

"同月同日生的人会有机会做情侣吗？"他问我。

我明白陈定梁的意思。如果没有唐文森，或许我会给陈定梁一个机会，我不想辜负森。如果我和森之间，必须有一个人辜负对方，让森辜负我好了。

"同年同月同日生的人也不一定会成为情侣，大部分的情侣都不是同年同月同日生的。"我说。

"只是他们很少机会遇上跟自己同年同月同日生的人罢了。两个人同月同日生的概率是三百六十五分之一。"陈定梁说。

"那我们真是有缘！"我说，"但愿不要同年同月同日死。"

陈定梁给我气得不知道说什么好。

"你说过替宇无过设计新书封面的，他回来了。"我转换一个

---

① 中文音译为"的士高"，供人跳舞、玩乐的营业场所。今译作迪斯科。

话题。

"是吗？你叫他随时找我。"陈定梁说。

"我的新衣呢？什么时候做好？"我问他。

"还没有开始，我说过不要催我。"

我突然转换话题，他好像有点意兴阑珊。他没有向我示爱，我总不成告诉他我有男朋友吧。森的身份特殊，我不想提及他，我有一种很奇怪的担心，我害怕有人认识森的家人或森的太太和家人，于是他们辗转知道我和森的事。虽然这种可能性很小，我还是不想让它发生。

陈定梁拉了班上另外两个女孩子跳舞，他跟她们玩得很开心，好像故意要我妒忌似的，可惜我并不妒忌，明知他不喜欢她们，我为什么要妒忌？

离开disco时，陈定梁依然和那两个女孩子谈得兴高采烈，有人提议去吃消夜。

"我明天还要上班，我不去了。"我说。

"我也不去。"陈定梁情深款款地望着我。

我突然很害怕，看到一辆出租车驶来，我跟大伙儿说："出租车来了，再见。"

我跳上出租车，不敢回头望陈定梁。

差不多每一次下课之后，我也是坐陈定梁的顺风车回家，刚才他不去吃消夜，可能也是想送我回家，我突然跳上一辆出租车，他一定很错愕，而且知道我在逃避他。

下车后，我匆匆跑回家里，仿佛回到家里才觉得安全。我想打电话给森，告诉他，有一个人喜欢我，并打算追求我，而我很害怕。可是，这天晚上，这个时候，他应该在自己家里，睡在另一个女人身旁。

我开始明白，不忠的人是可怜的，他们不是故意不忠，他们是害怕寂寞。要很多很多的爱才可以令一个人对另一个人忠贞。若我没有这许多爱，我一定忍受不了寂寞。

第二天早上，森打电话给我，我没有把前一天晚上发生的事告诉他，他一定不会喜欢我经常搭一个男人的顺风车回家，而且这个男人还向我示爱。

十月的头一个星期三晚上，森买了大闸蟹来。

"我不会弄大闸蟹。"我说。

"谁叫你弄？我来弄给你吃，你什么也不用做。"

他兴致勃勃地走进厨房洗大闸蟹。

"慢着……"我说。

"什么事？"

"要先穿上围裙。"

我拿出一条红色镶花边的女装围裙给他，是搬来的时候买的，我只穿过几次。

"这条围裙不大适合我吧？"他不肯穿。

"怕什么？我要你穿。"我强迫他穿上围裙。

森穿上围裙的样子很滑稽，我忍不住大笑。我还是头一次看到他穿围裙，穿上围裙的森，才好像真真正正属于这个家。

"你今天晚上不要脱下围裙。"我搂着他说。

"不准脱下围裙？我这样子很不自然。"

"我喜欢你这样。"我撒野。

大闸蟹蒸好了，森小心翼翼地把蟹盖掀起，金黄色的蟹黄满出来。

"我替你挑出蟹腮，这个部分很肮脏，不能吃的。"森挑出一副蟹腮扔掉。

吃完了蟹黄，剩下爪和脚，我不喜欢吃。

"为什么不吃？"他问我。

"麻烦嘛！"我说。

森拿起一支吃蟹脚用的幼叉仔细地为我挑出每一只蟹脚里的肉。他专心一志地挑蟹肉给我吃，却忘了自己的那一只蟹已经凉了。我看得很心酸。

"你不要对我这样好。"我说。

森猛然抬头，看到我眼里有泪，用手背轻轻为我拭去眼泪，说："别说傻话，蟹凉了，快吃。"

"这是你第一次煮东西给我吃。"我说。

"我就只会弄大闸蟹。"

"你为什么要选择今天晚上煮东西给我吃？"

"今天下午经过国货公司，看到大闸蟹很肥美，便买来一起吃，没有特别原因，你又怀疑什么？"

"还有一个月，我就三十岁了。"我呜咽。

当我只有十六岁的时候，我以为三十岁是很遥远的事；然而，三十岁却来得那么顺理成章，迫近眉睫。一个女人到了三十岁，是否该为自己打算一下呢？我却看不到我和森的将来。

"你说过到了三十岁就会离开我。"他说。

"不如你离开我吧。"我凄然说。

"我办不到，我永远不会离开你。"

"我讨厌你！"我骂他。

"你为什么讨厌我？"

"谁叫我舍不得离开你？你会害死我的。有一天，你不要我，我就会变成一个又老又胖又没有人要的女人。"

"你的身材仍然很好，三十岁还可以保持这种身材是很了不起的。"森抱着我说。

我给他气得啼笑皆非："是不是我的身材走下坡之后，你便不再要我？"

"当你的身材走下坡，我也已经变成一个老头了。"

"但愿如此。"我倒在他怀里。

"告诉我，你喜欢什么生日礼物？"他问我。

"你已经送了这所房子给我。"

"这所房子不是生日礼物。"

"如果你那天不陪我，什么礼物我也不要，而且我永远也不再见你。"我警告他。

"好凶啊！"他拉着我双手。

"上次你生日，你也失踪了，我不想再失望一次，我不想再尝一次心如刀割的滋味。"

"我说过会陪你过生日的，过去的三年也是这样。快告诉我，你喜欢什么礼物？"

"我真的没有想过，你喜欢买什么便买什么，我只要你陪我。"我伏在他的肩膀上，"我想在你的怀抱里度过三十岁。"

"好的。"他答应我。

十一月二日，游颖和徐玉为我预祝生日，请我吃日本菜。

"三十岁生日快乐！"游颖跟我说。

"请你别提三十岁这个数字。"我恳求她。

"我三个月前就过了三十岁，现在终于轮到你！"游颖幸灾乐祸。

"我还有一年零八个月。"徐玉一副庆幸的模样。

她们买来了生日蛋糕，生日蛋糕竟是一个胸围，又是郭笋的杰作。

"这个蛋糕是三十四A，实物原大，祝永远坚挺！"徐玉说。

"我也祝你永远坚挺，你负荷较重嘛！"我跟徐玉说。

"还有一小时就是午夜十二点钟，我们到哪里庆祝好呢？"徐玉问我。

"去哪里都可以，我开了大海的敞篷车来。"游颖说。

"大海有一辆敞篷车吗？"徐玉问游颖。

常大海的德国制敞篷车是紫色车身白色车篷的，车牌是AC8166。

"AC不就是A Cup吗？"我突然联想到。

"这个车牌是他爸爸给他的，不是什么幸运车牌，只是够老罢了。

你不说，我也想不起AC就是A Cup。"游颖说。

徐玉跳上车说："三十二A，开车。"

游颖坐上驾驶座，问我："三十四A，你要去哪里迎接三十岁？"

"我想去……去一个时间比香港慢一天的地方，那么，今天午夜十二点钟后，我仍然是二十九岁。"我说。

"好像没有一个地方是比香港慢整整一天的，最多也不过慢十八小时，夏威夷就是。还有一个地方，叫法属波利尼西亚。"徐玉说。

"我们去法属波利尼西亚！我要年轻十八小时！"我在车厢里站起来说，"那里刚好日出。"

"相信我，三十岁并不是最糟的。"游颖说，"三十岁还没有男人才是最糟的。"

"我认为拥有二尺三的腰比三十岁没有男人更糟。"徐玉说。

"有什么比二尺三的胸更糟！"我说。

车子到了石澳。

"我去买一点东西。"徐玉跑进一间小店。

徐玉捧着一袋东西出来，兴高采烈地告诉我："我买到几瓶法国矿泉水，我们到了法属波利尼西亚。你年轻了十八小时！"

"太好了！"我说。

这个世界上，会不会有人真的为了年轻十八小时，而从一个地方跑到另一个地方呢？可是，从另一个地方回来的时候，不就马上老了十八小时吗？偷回来的十八小时，也真是欢情太暂，很快就会打回原形了。

午夜十二点钟，我们开法国矿泉水庆祝，无论如何，三十岁还是来了。

"陈定梁不是跟你同月同日生的吗？"徐玉忽然想起来，"要不要跟他说声生日快乐？"

"他可能正跟别人庆祝生日。"

"他一定正在想念你。"游颖说。

"别提他了，我很害怕他呢。"我说。

"你别对他太绝情。"徐玉说，"我怕他不肯为宇无过设计封面呢。这是很重要的，他的书差不多写好了。"

"好吧！为了你，我暂时拖延着他。"我说。

"如果女人的年岁也像胸围尺码就好了。"游颖说，"三十岁也分为三级，有三十岁 A、三十岁 B、三十岁 C。三十岁可以过三年。"

"最好有 D Cup。"徐玉说。

"唐文森送了什么生日礼物给你？"游颖问我。

"要今天晚上才知道。"我说。

"唐文森对你真的很好。"

"大海对你就不好吗？"

"有多少男人肯送房子给女人，而那个女人又不是他太太。律师行办很多房契，买房子给女朋友的男人真是少之又少，肯买的，也不肯全数付款，只是分期付款，一旦分手了，就停止供款。那些有钱的，让情妇住几百平米的豪宅，房子却是他名下的有限公司。我跟常大海现在住的房子是联名的。"

"我是很感动的，森并不是千万富翁，买房子的钱是他的血汗钱，是在巨大的工作压力下赚回来的钱。"

"你对男人有什么要求？"游颖问我。

"我希望我的男人是第一流的。"我说，"我要他是A级。"

"我的男人已经是A级。"徐玉躺在沙滩上幸福地说。

"你给常大海什么级数？"我问游颖。

"A—。"

"为什么是A—？"我问游颖。

"如果有A—，我要给宇无过A＋。"徐玉说。

"他还没有向我求婚，所以只得A—。"游颖趴在沙滩上说。

"如果森不是已婚，我会给他A＋＋。"我躺下来说。

"世上到底有没有A级的男人呢？"游颖说。

"因为有女人爱他们，所以他们都变成A级了，情人眼里出A级嘛！"我说。

"常大海为什么是A级？"徐玉问游颖。

"七年前的一天，我在法庭上看到他，便爱上了他。他在庭上光芒四射，那时他不过是一个新入行的律师，我已给他A级。"游颖说。

"A级的男人配A Cup的女人，天衣无缝。"徐玉说。

"对，我不要B级，宁愿一个人，也不要屈就一个B级的男人。"我说。

"你知道拿A是要付出很多努力的吗？"游颖问我。

"没有不劳而获的。"我说，"想得到A级的男人，自己的表现起码也要有B级吧？"

"对。"徐玉说，"不戴胸围，日子久了，胸部便会下垂。同样道理，不努力爱一个男人，便会失去他，不要奢望有奇迹。"

"不。有些女人好像真的会不劳而获，她们什么也不用做，甚至不是很爱那个男人，那个男人却视她如珠如宝。"游颖说，"有些女人即使很努力，仍事与愿违。"

"所以说，努力而又得到回报已经是很幸福了。"我说。

"你不想结婚的吗？"游颖问我。

"我想又怎样？"

"你要无名无分跟他一辈子？"

"这也是一种奉献。"我说。

游颖跟我碰杯："为你伟大的奉献干杯！"

我们把泥沙倒进三个空的矿泉水瓶，再在沙滩上挖一个很深的洞，把瓶子放进去，然后盖上泥沙。

"等你四十岁时，我们再来挖出这三个瓶子。"徐玉说。

"那时你也许带着两个小孩子来。你的乳房因为生产的缘故，比现在更大！"

我取笑徐玉。

"你继续为唐文森奉献！"徐玉说。

"这是诅咒还是祝福？"我问她。

"四十岁，太可怕了！"游颖掩着脸说。

"无论你多么害怕，那一天早晚都会来。"我说。

"我无论如何要抓住一个男人陪我过四十岁。"游颖说。

十一月三日早上九点钟，有人拍门，我去开门，是郭笋，她捧着一个玫瑰花形的蛋糕站在门外跟我说："生日快乐！"

"是谁送的？"我惊讶。

"是唐先生。"郭笋说。

原来是森，我早就应该猜到。

"他什么时候订的？"我接过蛋糕。

"一个星期前。"

"这是我做给你的。"郭笋拿出一个精巧的小铁罐给我。

"这是什么东西？"

我打开盖子，原来是曲奇饼，我吃了一块。

"谢谢你，很好吃。"

"你男朋友很疼你啊，你们什么时候结婚？"

"我才不嫁给他！"我故意装出一副不想嫁的样子。

"你呢？你有好消息没有？"我问郭笋。

"还没有啊！我这个年纪，要交男朋友，当然比你们困难得多了。不过，迟些日子我的朋友请我去一个旧生会舞会，也许有艳遇也说不定。"

"那祝你好运！"

"我也祝你今天晚上玩得开心。"

郭笋走了之后，森打电话来。

"蛋糕很漂亮啊！"我说，"是不是有了蛋糕就没有花？"

"你想要花吗？"

"我想你扮成一朵花来见我。"我说。

"哪有这么大的花？我顶多扮成一棵树。"

这一夜，我等我的树出现。

我换好衣服在家里等森，森说下班会打电话给我，然后接我去吃饭。

八点十分，森的电话还没有来，他要在我的生日做些什么？

九点四十分，电话终于响起。

"喂……"我接电话，心里做了最坏打算，如果不是有什么问题，他不可能现在才打电话给我。

"你在哪里？"我问他。

"我在医院里。"

"为什么会在医院？"我吃了一惊。

"她爸爸进了医院，是旧病复发。"

"哦……"我并不相信他。

"这么巧？"我讽刺他。

我期望他会给我一个很完美的答案，但他没有。

"晚一点我再打电话给你。"他说。

"不用了。"我扔下电话筒。

为什么一切不能挪后一天？他总要在今天伤我？

我以为我会狠狠地哭一场，可是我不想哭，我很想报复，报复他这样对我。

不是有一个男人跟我同月同日生的吗？而且他喜欢我呢！我找到陈

定梁的传呼机号码，如果他正在跟别的朋友庆祝生日，我大可以跟他说声生日快乐就挂线。不过，在晚上十点钟从家里打出这个电话跟他说生日快乐，他一定会怀疑我。就由得他怀疑吧，我只想报复。

陈定梁没有回电话，男人都是在女人需要他的时候失踪的。

晚上十二点，电话响起，不知道是陈定梁还是森，森说过会晚一点再打电话给我的，我不想听到他的声音，反正我的生日已经过了。我的三十岁生日就这样度过。在森买的房子里的我，不过是他的一只金丝雀，而我自己竟然一直没有醒觉。

电话又再响起，我站在窗前，街上并没有我期待的男人出现。

电话的铃声终于停下来了，那最后的一声，竟有些凄然而止的味道。那不会是陈定梁打来的，一定是森。如果他天亮之前赶来见我，我还会开门让他进来，这是我的底线了。可是，天亮了，他没有来。他不来，我们也不再有明天。

我没想到自己竟然出奇地冷静，我不要再为这个男人流一滴眼泪。我说过三十岁离开他，现在真的变成事实。

我换好衣服上班去。

"昨天晚上去哪里玩？"珍妮问我。

"去吃烛光晚餐啊！"我笑着说。

下班后，我经过一家地产公司，我走进去问问我住的房子现在可以卖多少钱，想不到房子比我买的时候涨了二十万。他们问我是不是想卖，那个女经纪把名片给我。

回到家里，我突然很舍不得我的房子，这个地方，曾经有许多欢愉，可是，我就要把下半生的幸福埋在这里吗？不。

我在浴缸里泡了一个热水浴，三十岁的我，竟然一事无成，不过是一个卖胸围内裤亵衣的女子，真是失败！

有人开门进来，我穿好浴袍出去，是森回来，他抱着我，吻我的脖子。

"你的岳丈呢？你不用去医院吗？"我冷冷地问他。

"你为什么不接电话？"他问我。

"我们分手吧！"我说。

"昨天晚上我真的在医院里，你不相信，我也无话可说。"森沮丧地说。

"我相信你昨天晚上在医院里。我知道你不会编一个故事骗我，你不是那种男人，如果你还编故事骗我，我会鄙视你。"

森紧紧地抱着我，松开我身上那件浴袍的带子。

"不要。"我捉着他的手，"我昨天晚上终于清醒了，问题不在于你陪不陪我过生日，而是你是别人的丈夫，别人的女婿，这是事实，永远不会改变，我们相识得太迟了。"

森放开双手没有说话，他又能说什么呢？我和他都知道有些事实是不能改变。

"等你离婚后，你再找我吧。"我说。

"你别这样……"森拉着我。

"我只能够做到这样，你是别人的女婿，这个身份我实在没有办法忘记。在那一边，在所有家庭聚会中，你正在扮演另一个角色，那是我看不见的，但我只要想象一下，便觉得很难受，这种心情，你也许不会明白。"

"你以为我很快乐吗？"他问我。

"我不知道，我只知道快乐是用痛苦换回来的，我这五年的快乐，就是用痛苦换回来的。爱情有时候也是一种折磨，我们分手吧。"

森凝望着我，不发一言，他大概知道这一次我是认真的。

"房子我会卖掉，卖出之后，我会把钱还给你。"

"你一定要这样做吗？"他有点激动。

"我没理由离开你还要你的钱。"

"我给你的东西就是你的。"

"你买房子给我的时候，是想着和我厮守终生的，既然我办不到，我便要还给你，如果你不想卖，我会搬走。"

森用力抱着我说："不要走！"

我抱着森，我比他更心痛，他是我最心爱的人。

"你还没有跟我说生日快乐。"我跟他说。

森望着我，抿着嘴巴，没说话。

"你欠我一句生日快乐。"我坚持。

"你不要走。"他说。

"生日快乐。"我逼着他说。

"生日快乐……"森终于无奈地吐出这四个字。

"谢谢。"我笑着说，"我就是想听这一句话。"

"我买了一份生日礼物给你。"他说。

"不必了，我不想再要你的礼物。"

"你不想知道是什么东西吗？"

"我不想它变成我们分手的纪念品。你已经送了我一份很好的礼物，就是让我在三十岁这一天清醒过来。至于生日礼物，不要让我知道是什么东西，不知道的话，我会每天想一下，想一下那是什么东西，直到我老了，我仍然会在想，在我三十岁那一年，你买了什么给我。这样的话，我会永远记住你。"

森苦笑："你真的会每天想一下吗？"

"嗯。"

"你不会想到的。"

"那就好。"我说。

森抱着我，我感到他的身体在颤抖。

"你在哭吗？"我抚摸他的脸。

森没有哭，我从来没有见过他哭，他不是个会哭的男人，我太高估自己了。

"你不会为我哭的，你很快会复原。"

"不要把房子卖掉，是你的。"他说。

"对不起，我不能不把它卖掉。我不能再住在这里。"

"你要去哪里？"

"搬回家里住或者另外租一个地方吧。"

"我再求你一次，你不要走。"森站在我跟前，郑重地放下男人的自尊恳求我。我没有见过我的男人如此卑微地站在我面前，我一直是他的小女孩、小羔羊，如今他竟像一个小孩子那样恳求我留下来。我的心很痛，如果你深深爱着一个男人，你不会希望他变得那么卑微与无助。

"不——可——以。"我狠心地回答他。我认为我的确已经选择了在最好的时间离开他。

森站在那里，仿佛受到了平生最严重的打击，他把双手放在口袋里，苦笑了一阵。

"那好吧。"他吐出一口气。

他不会再求我了，他不会再求他的小羔羊，因为这头小羔羊竟然背叛他。

"我走了。"森又变回一个大男人，冷静地跟我说。

我反倒是无话可说，我差一点就支持不住，求他留下来了。

这个时候，电话不适当地响起。

"再见。"森打开门。

我看着他那个坚强的背影消失在门外。

我跑去接电话。

"喂，周蕊，你是不是找过我？"

是陈定梁打来的。

"你等我一会儿。"

我放下电话筒，走到窗前，森走出大厦，看到他的背影，我终于忍不住流泪。

他时常说，我们早点相遇就好了。时间拨弄，半点不由人。既然我们相遇的时间那么差，分手也该找一个最好的时间吧？

我拿起电话："喂，对不起。"

"不要紧。"陈定梁说。

"你在哪里？"我问他。

"我在法属波利尼西亚。"

法属波利尼西亚？那个比香港时间慢十八小时的地方？陈定梁竟然在那里。

"我来这里度过我的四十岁生日。"陈定梁轻松地说。

我想到的事，他竟然做了，果然是跟我同月同日生的。

"在这里，我可以年轻十八小时，我今天晚上才庆祝四十岁生日呢！"他愉快地说。

"回来香港，不就打回原形了吗？"我没精打采地说。

"年轻只是一种心态。"

"那就不用跑到老远的地方去年轻，其实也不过十八小时。"

"十八小时可以改变很多事情。"他说。

如果森的岳丈的病推迟十八小时，我们也许不会分手，我会继续沉迷下去。

"年轻了的十八小时，你用来干什么？"我有点好奇。

"什么也不做，我在享受年轻的光阴，这是我送给自己的生日礼物。"

"祝你生日快乐。"我说。

"彼此彼此，不过你的生日应该过了吧？"

"已经过去了。"我说。

"过得开心吗?"他仿佛在探听我。

"很开心。"我说。

"那你为什么要传呼我?"

"想起你跟我同月同日生,想跟你说声生日快乐罢了。"我淡淡地说。

"是这样。"他有点失望。

"你怎么知道我找过你?"

"我刚刚打电话回来看看有没有人找过我。"

"一心要年轻十八小时,为什么还要打电话回来?"我问他。

"我想知道你有没有找我。"

他竟然说得那样直接。

"长途电话的费用很昂贵的啊,不要再说了。"我说。

"好吧,我很快会回来,我回来再找你。"

为什么独身的偏是陈定梁而不是唐文森?

"生日怎么过的?"第二天,游颖到内衣店找我。

我告诉她我跟唐文森分手了。

"要不要我们陪你去悲伤一晚,或者一个月?"

游颖真是体贴,她不会问我发生什么事情,只是想方法令我开心。

"一天或者一个月是不够的。"我说,"至少也要五年,五年的爱情,要用五年来治疗创伤。"我说。

"不要紧,我可以用五年时间陪你悲伤,但你有五年时间悲伤吗?

五年后，你三十五岁了。"游颖说。

"我要把房子卖掉。"我说。

"你不要了？"她讶异。

"不要一个男人，何必要他的钱呢？"我说。

"很多女人不要一个男人时，会带走他的钱。"

"我不恨他。"我说。

下班后，游颖陪我到地产公司。

"为什么不多去几家地产公司？这样的话，可以多些人来看房子，快点卖出去。"游颖说。

我并不想那么快把房子卖出去。

晚上，我终于接到森的电话。

"我以为你不在家。"森说。

我已经三天没有听过他的声音了。

"既然以为我不在家，为什么还打电话来？"

"我怕你接电话。"他说。

我也想过打电话找他，也是明知道他不在的时候想打电话给他。我们都害怕跟对方说话，但是接通对方的电话，却是一种安慰。

"你这几天怎么样？"他问我。

"我准备把房子卖掉。"

"你为什么一定要这样做？"

"我要把钱还给你。"

"我欠你太多。"他说。

"但你没有欠我钱。"我说。

"我不是这个意思……"

"我很自私，对不对？"我问他。

"不，女人是应该为自己打算的，自私的是我，我不应该要你为我蹉跎岁月。"

森不明白，我多么愿意为他蹉跎岁月。我不介意蹉跎岁月，但我忍受不了他属于另一个家庭。他不是属于另一个女人，而是属于另一个家庭，是多么牢不可破的关系？我无力跟一个家庭抗争。

"我希望你以后会找到幸福。"他说。

我哽咽。

"蕊，不要再爱上已婚男人，男人对于离婚是缺乏勇气的。"

我忍不住哭："你已把我弄哭了。"

"对不起。我不在你身边，你要照顾自己。"

"将来我嫁人，我会通知你的。"我苦笑。

"千万不要……"他说。

"你不想知道吗？"我问森。

"不知道会比较好。"

"你太冷漠了。"我埋怨他。

"如果我可以接受你的婚讯，那我就是不再爱你。"

"你早晚也会不再爱我。"

"是你首先不爱我。"

"我不是。"我抹干眼泪说，"我只是厌倦了谎言。"

"你一定以为我夹在两个人之间很快乐。"

"你不一定快乐，但我肯定比你痛苦。"

森沉默了。

"我想睡了。"我说。

我睡不着，走到附近的便利商店，买了毡酒和可乐，回到家里，把毡酒跟可乐混和，这是最有效的安眠药。

我迷迷糊糊睡到第二天中午，电话响起，也许又是森，他好像不肯相信我真的会离开他。

"我回来了！"陈定梁说。

我的头痛得很厉害，糊糊涂涂地说："是吗？"

"什么时候有空吃一顿饭？"他问我。

"今天晚上吧。"我说。

吃饭的时候，陈定梁说："你双眼很肿。"

"是吗？你的年轻十八小时之旅好玩吗？"

"你应该去那个地方看看。"

"我比你年轻，不用找个地方年轻。"

"对，要去你也会选择雪堡。"

我也许永远不会去雪堡，一个人去没意思。

陈定梁把一个纸袋交给我："生日礼物。"

"生日礼物？"我讶异。

"你打开来看看。"陈定梁说。

我打开纸袋，看到一袭黑色的丝绒裙子。裙子是露背的，背后有一个大蝴蝶结，裙子的吊带是用几十颗假钻石造成的。我吃了一惊，这个款式是我设计的，我上时装课时，画过一张一模一样的草图，但那张草图我好像扔掉了。

"这袭裙子好像似曾相识。"我说。

"当然啦，是你设计的。"陈定梁说。

"果然是我画的那张草图，你偷看过我的草图？"

"我没有偷看。"

"你不是偷看的话，怎会知道？"

"你丢在废纸箱里，我在废纸箱里拾回来的。"

他竟然从废纸箱里拾回我的草图，他早就处心积虑要做一件衣服给我。

"我从来不会做人家设计的衣服，这一次是例外。"陈定梁说。

"多少钱？"

"算了吧，是生日礼物。"

"谢谢你。"

"你可以穿这袭裙子和你男朋友去吃饭。"

"我跟他分手了。"我说。

陈定梁愕然地望着我，脸上竟然闪过一丝喜悦，马上又换上一张同情的脸孔。

"是在你生日的那一天分手的吗？"

"嗯。"

"原来你那天不是想跟我说生日快乐。"他的神色有点得意。

陈定梁也许以为我在最失意的时候想到他，是对他有一份特殊的感情，这也许是真的，但我不想承认我在失意的时候想起他。更合理的解释可能是我知道他对我有特殊的感情，他几乎是我唯一的男性朋友，而我在那一刻很想寻求一点来自异性的安慰，所以想到他。

"不，我只是想跟你说一声生日快乐。"我才不要让他自鸣得意。

"只是想说一声生日快乐？"他质疑。

"是。"我斩钉截铁地说。

"不是因为那三百六十五分之一的缘分吗？"他锲而不舍。

"是因为这三百六十五分之一的友谊。"我说，"世上大部分的眷侣都不是同月同日生的。"

"世上大部分的怨偶也不是同月同日生的。"陈定梁说。

"所以同月同日生也就没有什么特别。"

"你跟你的男朋友分手时想到我，这就是特别之处。"他坚持。

"你无非是要证明我对你有特殊感情罢了，对不对？"我生气。

"如果是真的，也没有必要否认。"他骄傲地说。

"现在送生日礼物给我的是你，我可没有送礼物给你。"我讽刺他。

"那你为什么要告诉我你跟你男朋友分手了？"他咄咄逼人。

"因为我当你是朋友，但我现在觉得你很讨厌！"我站起来说。

陈定梁的表情十分愕然，他想不到我会骂他。

"对不起。"我说，"我不应该说你讨厌，'讨厌'这两个字在我来说是很亲密的，你不配让我讨厌，你是可恶！"我掉头便走。

我也想不到我会向陈定梁发脾气，也许我只是想找个人发泄，而他碰巧惹怒了我。

"对不起。"陈定梁拉着我说。

"放手！"我甩开他的手。

我走进电梯里，陈定梁用手拦着电梯门，我不知道哪来的气力，狠狠地踢他的膝盖一下，陈定梁踉跄退后，电梯门关上。

我在电梯里忍不住嚎啕大哭，我真的很挂念森。为什么我想要的东西得不到？

为什么他是别人的丈夫？为什么我要在这里被陈定梁这种男人试探？他是什么人？

失去了森，我便马上变得毫不矜贵吗？可是，无论我多么挂念森，我也不能回到他的身边，不可以，我不可以。我这么艰难才从他手上逃脱，我不能回去。

我走出电梯，漫无目的地走在路上。

"周蕊！"陈定梁竟然追来。

我不想让他看到我哭，他愈叫我愈走。

"对不起！"陈定梁追上来说。

"不关你的事！"我说。

他把裙子交给我，说："你忘了带这个。"

我接过裙子之后匆匆走上一辆出租车。

见过陈定梁，我更爱森。

回到家里，我泡了一个热水浴。这个时候，有人拍门，是郭笋。

"这么晚，你还没有走吗？刚才蛋糕店关上门，我以为你走了，进来坐。"我说。

"你说有好消息的话要告诉你。"郭笋笑着说。

我听到"好消息"这三个字，一点心情也没有，唯有强颜欢笑。

"我不是说有一个朋友请我去旧生会的舞会吗？我在舞会上认识了一个人。"

"是什么人？"

"是开粥店的。"

"那跟你一样，都是卖吃的呀！"

"所以我们很投契，他的粥店在铜锣湾，是一家很雅致的粥店。什么时候有空，我请你去吃粥。"

"好呀。"

"你这房子是不是要卖？"郭笋问我，"我在地产公司看到广告。"

"是的。"

"你要搬吗？是不是要结婚？"

我摇了摇头。

"你没事吧？"郭笋体贴地拍拍我的肩膀。

"没事。"

"有没有人来看过房子？"她问我。

"经纪约过几次，我没有空。"

"我很喜欢这里，不如卖给我好吗？"

"你想买吗？"

"我刚刚想在蛋糕店附近找房子，与其卖给别人，倒不如卖给我，你可以省回佣金。"

"可以让我考虑一下吗？"

我本来是想把房子卖掉的，但突然有一个人说要买，我却迟疑起来。

"这是什么地方？"郭笋指着墙上那幅森砌的《雪堡的天空》。

"这是雪堡的一家餐厅。"

"很漂亮，我也想在这家餐厅里卖我做的蛋糕。"郭笋细意欣赏那幅砌图。

"这家餐厅的存在可能只是一个幻象。"我说。

"但看来是真实的。"郭笋说。

"真实的东西有时候也太遥远了。"我说。

我为卖不卖房子而挣扎了多天。

这一天，徐玉和游颖买了外卖来陪我。

"这所房子要卖掉真是可惜。"徐玉说。

"蛋糕店的老板娘愿意买，你为什么又犹豫？"游颖问我。

"她根本舍不得卖。"徐玉说。

是的，我舍不得。

"如果我是你，我不会卖。"徐玉说，"留作纪念也是好的，这里有唐文森的气息嘛！"

是的，我仍然能嗅到森的气息和我们在床上缠绵的气味。

"她就是想忘掉他。卖还是不卖，你要决定。现在不卖，迟些房子跌价了，就卖不到理想价钱。"游颖说。

"我知道了。"

"现在你可以考虑陈定梁吧？"徐玉说。

"讨厌的东西。"我说。

"宇无过等着他设计封面，你快跟他说。"徐玉催我。

"我明天找他。"我说。

"现在找他嘛！宇无过的书赶着出版呢！"徐玉把电话放在我手上。

为了徐玉，我硬着头皮找陈定梁，他很快回电话，我把话筒交给徐玉，由徐玉跟他谈。

"怎么样？"我问徐玉。

"你为什么不跟他说话？"徐玉放下话筒。

"你跟他说不就行了吗？他怎么说？"

"他要跟宇无过见面，我们约好明天吃午饭，你也来吧。"

"不。"我不想跟陈定梁见面。

"好漂亮的裙子！"游颖在我睡房的床上发现陈定梁做给我的裙子。

"是在哪里买的？"她问我。

"是陈定梁做的。"我说。

"他是不是已经疯狂地爱上你？"徐玉问我。

陈定梁当然不是疯狂地爱上我，至今为止，还没有一个男人疯狂地爱上我。即使是跟森一起的日子，我也不认为他是疯狂地爱着我，或许他曾经一度疯狂，但还是不够疯狂；如果他疯狂，就会为我而离婚，他终究是清醒的。和森相比，陈定梁就不算什么了。

我没有跟徐玉和宇无过吃饭，徐玉吃完饭后来内衣店找我。

"他和宇无过谈得很投契呢，而且已经有了初步的构思，一个星期后就可以做好。"徐玉说。

"他真的不收钱？"我问徐玉。

"他敢收钱吗？"徐玉得意扬扬地说，"他问起你呢！"

"是吗？既然他肯为你设计封面，也就不用我跟他见面了。"

"他也不是那么讨厌，长得也不错，说真的，不比你的唐文森差呀！"徐玉说。

"那你爱他吧！"

"他虽然不比唐文森差，可是比不上宇无过呀！"徐玉骄傲地说。

"我不怪你，每个女人都以为自己所爱的男人是最好的。"我说。

一个星期之后，陈定梁做好了封面，交给宇无过，徐玉拿来给我看，书名叫《杀人蜜蜂》，封面的蜜蜂是陈定梁亲手画的，画得很漂亮，有一种惊栗感。

"陈定梁蛮有才气呢。"徐玉说，"这本书对宇无过很重要的，如果畅销的话，以后不愁没有人替他出书。"

"会畅销的。"我说。

"谢谢你。"徐玉好像很感动，"卖还是不卖，决定了没有？"

终于还是要面对这个问题。离开了男人，女人便要自己决定许多事情。

我到蛋糕店找郭笋，她正准备关店。

"你还想买我的房子吗？"我问她。

"我是很喜欢，但你不想卖的话，绝对不用勉强。我以前也卖过房子，那是我跟丈夫住了二十多年的地方，卖的时候也很舍不得。那所房子在郊外，有些地方曾经出现白蚁，但是，到我搬走的前一晚，我竟然努力去找出那个白蚁巢，看着它们蠕动。我本来是十分讨厌屋里的白蚁的，要走的时候，却爱上他们。我很明白要放弃心爱的房子的心情。"郭笋温柔地说。

"说穿了，白蚁和爱情一样，都是侵蚀性极强的东西。"我苦笑。

房子买卖的手续，我找常大海替我办。大海没有收费。我请大海和游颖吃饭报答他们。

"找到房子没有？"游颖问我。

"还没有。"我说，"在这里附近的，不是租金太贵，便是面积太大。"

"我知道中环附近有些公寓面积只有二十多平米，租金不太贵，一个人住还可以。"大海说。

"你替周蕊问一问。"游颖说。

大海真的替我找到了一所公寓。

那所公寓就在中区行人电梯旁边，我看的房子，其中一扇窗刚好对着电梯的头一段，距离只有四五米，站在窗前，不但看到人来人往，还听得见电梯的声音。

"这里对着行人电梯，很吵呢！"陪我看房子的游颖说。

"所以租金也比较便宜。"女房东说。

"我就要这里吧。"我说。

"你不嫌太吵吗？"游颖问我。

"关上窗子不就行了吗？"

我跟女房东到地产公司办好手续后，和游颖到附近的一家快餐店吃饭。

"我以为你不会考虑那幢公寓。"游颖说。

"租金便宜嘛！自力更生，便要节俭。"我说。

"你做人就是坏在太有良心，你根本不用把房子卖掉。"

"我不想在森身上得到任何利益。"我说。

"要我和大海帮忙搬家吗？"游颖问我。

"只是相隔几条街，真不知道怎样搬。"

"律师行有一辆客货车可以用。"游颖想起来。

"谢谢你。"我衷心地说。

"别说客套话嘛！没有爱情的时候，友谊是很重要的。如果我失恋，我会搬进来住的啊！所以现在要帮忙。"

"你跟大海没事吧？"

"没有进步，算不算退步？"

"感情当然是不进则退的。"我说。

"大海又在做爱时睡着了，况且我们做爱的次数愈来愈少，最近似乎大家都提不起兴趣。"

"那些性感的内衣不管用了吗？"

游颖苦笑："性感的内衣只能带来一点冲击，新鲜感失去了，也就没有什么作用。"

"我最怀念的是我和森最后一次做爱，那一次，大家都很开心，在分手前能够有一次愉快的性爱，那是最甜蜜的回忆。"我说。

"是啊！总好过分手时已经不记得上次是什么时候做爱。"

"有几次跟森做爱的场面我是到现在还记得的。"我回忆说。

"是吗？有多少次？"游颖笑着问我。

"就是好几次嘛！"我脸红。

"我也有好几次，有时想想也很无奈，我和大海最开心的那几次都好像是很久以前的事。"

"我也曾经问过森，长时间跟同一个女人做爱，会不会厌倦。"

"他怎么说？"

"他说不会。"

"我从前以为女人是没有性需要的，二十几岁时，做爱只是为了满足男人，到了三十岁，才发现原来我也有需要的。"

"你猜男人怀念女人时会不会想起跟她的一次性爱呢？"我问游颖。

"我也不知道。"

"男人会不会比较进取，他们希望一次比一次进步，所以最好的一次应该还没有出现。"我说。

"那真要找一个男人来问一问。"游颖掩着嘴笑。

跟游颖分手后，我回到家里，飞奔到我的床上，用身体紧贴着床单，我真怀念我和森的最后一次，可惜新的家太小了，我不能带走这张床。

搬走前的一夜，我收拾东西，大部分家私也不能带走。床不能带走，我把床单和棉被带走，棉被是在秋天时森买给我的。我把那幅《雪堡的天空》从墙上拿下来，用报纸包裹好。

有人来拍门，是郭笋。

"需要我帮忙吗？"

"我要带走的东西只有很少。"我说。

"我很喜欢这里的布置，大概不会改动的了。"郭笋说，"你有新的电话号码吗？"

"我很晚才去申请，现在还没有电话号码。"

"听说现在即使搬了屋也可以沿用旧的电话号码。"

"我想重新开始嘛！"我说。

"你跟你的粥店东主进展如何？"我关心她。

"明天我们一起去大屿山吃素。上了年纪的人只能有这种拍拖节目，不过我们打算迟些一起去学交际舞。"

"他会搬进来住吗？"

"怎么会呢？这是我自己的天地。"

"你跟他还没有？"我向郭笋打听她跟粥店东主的关系。

"人是愈老愈矜持啊！况且我还是不敢，之前的一个男人在看到我的裸体后便跑掉了。"郭笋尴尬地说。

"跑掉？"我吓了一跳。

"也许我的容貌保养得好，令他误会了，以为我的身材也保养得一样好。"郭笋笑着说。

"他真的立即就掉头跑？"我想象那个场面实在太滑稽了。

"不，他只是悄悄把传呼机响起，说有人传呼他，匆匆跑掉而已。"

"真是差劲！"

"他可能想象我有一双高耸的乳房，所以发现真相后很恐惧吧。"

"你不是你自己说得那么差的。"我安慰郭笋。

"想想那天也真是很滑稽的。"郭笋掩着嘴巴大笑。

"这一位粥店东主要是再敢跑掉，你就宰了他！"我跟郭笋说。

"好呀！宰了他，用来煮粥。"

"你跟唐先生吵架了？"郭笋问我。

"不是吵架那么简单。"郭笋提起森，又令我很难过。

"我看得出他是个好男人，你们那么恩爱，我还以为你会和他结婚呢！"

一个会让男人在重要关头跑掉的女人的观察也不是太可信的。郭笋看错了，森是不会跟我结婚的。

郭笋见我不肯多说，也不再问。

"你连沙发、床、冰箱都留给我，我不用买了，这个冰箱还是新的呢！"郭笋顺手打开厨房里的冰箱。

"咦，这个生日蛋糕你还没有吃吗？"郭笋在冰箱里发现了那个森特意叫她为我做的玫瑰花蛋糕。那个蛋糕已经像石头一样坚硬。

星期天早上，游颖、常大海、徐玉、宇无过来替我搬家。

我仔细检查每一个角落、每一个抽屉，确定没有留下任何东西。我走到床前，再一次不能自已地趴在床上，我为什么竟然舍得卖掉森送给我的房子呢？就为了那一点清白和自尊？这床曾是森送给我的一份爱的礼物，太贵重了，我不能带走，能带走的，只是我脖子上的蝎子项链。我伏在床上哭了。

"我知道你会这样的。"徐玉走到床边。

我抹干眼泪。

游颖倚在门外说："这床已经卖了给别人，不舍得也要走。"

她永远是最冷静的一个。

"早知道那样不舍得就不要分手。"徐玉说，"他们在楼下等我们。"

我从床上起来，"走吧！"

"慢着……"我想起还有一件事。

我走到厨房，打开冰箱，把那个坚硬的生日蛋糕拿出来。

"你买了蛋糕吗？我肚子正饿。"徐玉说。

"不能吃的。"我说。

新的公寓里有一张床，因为是贴着墙而造的，为了迁就墙角一个凹位，床角也造成一个凹位，可惜手工很差，那个凹位和床之间有一条缝隙。我拿出森买的床单，铺在床上。床太小而床单太大了。

"电话呢？为什么没有电话？"游颖问我。

"明天才有人来安装。"

"我的手提电话没有带在身边。"游颖说。

"不用了。"我说。

"大海，你把你的手提电话暂时借给周蕊。"游颖跟大海说。

"不用了！"我不好意思用常大海的电话，况且他也似乎有点愕然。

"怕什么！"游颖把常大海的电话放在桌子上，"你第一天搬进来，人地生疏嘛，有事求救怎么办？况且只是一天。"

"你暂时拿去用吧！"大海说。

朋友始终还是要离去的，我一个人，实在寂静得可怕。午夜十二点钟，常大海的手提电话响起。

"喂……"我接电话。

"喂，请问常大海在吗？"一把很动听的女声问我。

"他不在。"我说。

"这不是他的手提电话吗？"

"这是他的手提电话，可是他不在这里。"

"哦……"女人有点儿失望。

"你是谁？"我问。

"我是他的朋友。"女人轻快地回答。

"要我告诉他吗？"我说。

"不用了。"女人挂了线。

这个女人的声音很甜腻，好像在哪里听过似的，她到底是什么人？她跟常大海有什么关系？游颖认识她吗？她会不会是常大海的秘密情人？

我把《雪堡的天空》拿出来，放在睡房的一扇窗前面，这个风景无论如何比行人电梯美好。

常大海的电话在清晨又再响起来。

"喂？"我接电话。

电话挂了线，会不会又是那个女人？

我在中午时把电话拿回去给常大海，游颖出去吃饭了。

"昨天晚上睡得惯吗？"常大海问我。

"还不错。"

"没有人打这个电话找我吧？"

"有一个女人。"我说。

"哦。"常大海有点尴尬，"她有说是谁吗？"

我摇摇头。

"可能是客人吧。最近有个客人很麻烦，差不多每天晚上都找我一次。"

我觉得他不太像在说真话。

游颖刚好吃完午饭回来。

"周蕊，你来了？用不着那么快把电话还给我。"

"今天上午已经安装了电话，这是我的电话号码。"我写下电话号码给她。

游颖向我眨眨眼，示意我望望刚刚进来公司的一个女人。那个女人看来很年轻，大概二十三四岁吧，穿着一件白色的丝质衬衫、半截裙。她的胸部很丰满，她就是游颖说的那个三十六C的奥莉花·胡。她正在跟一位秘书说话。

"我送你出去。"游颖不想在大海面前跟我谈论那个女人。

到了外面，她捉着我的手说："很夸张是吧？"

"比徐玉还厉害。"

"她特别爱亲近大海，讨厌！"

我刚才听到这个女人说话，她的声音不太像昨天晚上打电话找常大海的女人。

"你现在去哪里？"游颖问我。

我打开皮包，让游颖看看我写的一张支票。

"把钱还给唐文森。"我说。

"二百八十万啊！真是可惜！"游颖好像比我更舍不得那笔钱。

"金钱有时候也只不过是一个数字。"我说。

真的，如果不能跟自己喜欢的人一起，有钱又有什么用？

"你打算亲手交给他？"游颖问我。

"我拿去寄。"我提不起勇气约森出来见面。

"二百八十万的支票拿去寄？不太安全吧？"

"支票是画了线的。"

"还是找个人送去比较安全，要不要叫我们公司的信差送去？反正唐文森的办公室就在附近。"

"这……"我犹豫。

游颖走到接待处拿了一个信封。

"你的支票呢？"

我把支票交给她。

"要不要写一张字条给他？"游颖问我。

"支票是我签名的，他知道是怎么一回事。"

游颖把支票用一张白纸包好，放在信封里。

"把地址写在上面。"游颖拿了一支笔给我。

我在信封上写上森的名字和公司地址。

一名信差正要出去，游颖把信封交给他，说："送到这个地址，要亲自签收的。"

那名信差匆匆收下信封，走进电梯。

"这样安全得多。"游颖说。

我突然觉得后悔。

"我想要回那张支票！"我急得哭起来。

一部电梯停在顶楼，另一部电梯已经降落到五楼，我爬楼梯下去。

追出大厦，我发现那个信差背着一个背包走了很远。

"不要走！"我大声呼喊。

街上的人回头望我，唯独那信差没有回头。我追上去，终于在马路中央扯着他的背包。

"你干什么？"他问我。

"把我的信还给我。"

"哪封信是你的？"他问。

我在他的背包里找到给森的信。

"是这个。"我说。

游颖追到来。

我拿着信封，好像失而复得，我真的舍不得。

"小姐，你搞什么鬼？你从十五楼跑到地下，累死我了！你不舍得把钱还给唐文森吗？"游颖喘着气说。

"不是不舍得钱，我不舍得放过最后一次跟他见面的机会，这张支票，我应该亲手交给他。"

我把信封放在皮包里，把皮包抱在胸前，回去内衣店。等到下班之后，安娜和珍妮也走了，我终于提起勇气打电话找森。他听到我的声音，很高兴，我约他见面，他问我喜欢到哪里，我选了那家我们常去的法国餐厅。

森准时出现。

"你是不是搬了家？"他坐下来劈头第一句便问我，"你搬到哪里？"

我把支票交给他，"还给你的。"

"我说过我不会要的。"他把支票退到我面前。

"你有没有爱过我？"我问。

"你还要问？"森惨笑。

"那么请你收下这张支票。"

"我求你不要逼我。"森坚持不肯收。

"如果你有爱过我，你收下这张支票吧，我求你。"我把支票放在他的口袋里。

"你一定要这样做吗？"

我倔强地点点头。

"你什么时候会要一个孩子？"我笑着问他。

149

"孩子？"

"跟你太太生一个小孩子，那样才像一个家。"我凄然说。

"你以为你走了，我便可以马上回家生个孩子吗？你一直都不明白我。"

"难道你永远不要孩子吗？"

森望着我不说话。

我低下头喝汤，不知怎的，我的蝎子项链突然松脱了，掉到汤里，汤溅到我的衣服和脸上。

森连忙替我拿起项链。

"汤很烫呢！"我说。

森拿手帕替我抹去脸上的汤。

"我去洗个脸，也顺便把这个洗一洗。"

我拿起项链冲进洗手间。

我冲进洗手间里痛哭，我不能在他面前哭。为什么总是在离别时有难以割断的感情？我真的恨他不肯离婚。

我把蝎子项链放在水龙头下面冲洗，再用一条毛巾抹干，那个扣子有点松，所以刚才掉下来，我实在不该戴着这条项链来。

我抹干眼泪回去。

"你没事吧？"森问我。

我摇头。但我岂能瞒得过他呢？哭过的眼睛，无论如何也不会澄明。

"你衣服上还有污渍。"森说。

"算了吧！"我说，"谁没有在衣服上沾过污渍呢？这几点污渍会让我记得这一顿饭。"

"你是不是已经决定了？"他再一次问我。

"难道你要我等你吗？根本你从来没有叫过我等你。你肯叫我等，也是有希望的，可是你连叫都没有叫。"

"我希望你离开我以后会快乐。"他失意地说。

"你不要再对我那么好，回家做个好丈夫吧。"我有点激动。

这一顿饭，无声无息地吃完。我太理想化了，我以为一对曾经深爱过对方的男女可以在温柔的烛光下分手。偏是因为曾经深爱，见面时无法潇洒，只有互相再伤害一次。

"我送你回去。"他说。

"不用了。"

"你害怕让我知道你住在哪里吗？"

"让我送你回家好吗？"我问他，"我从来没有送过你回家，你从来不让我接近你住的地方，你住在哪一层，我也不知道。现在你应该放心让我送你回去吧。不用再担心我会发神经找上门。"

森站在那里犹豫。

"怎么样？还是不批准吗？"

我很气馁，他到现在还不相信我，还以为我是那种会上门找麻烦的女人。

"你怕我会去骚扰你吗？"

"我从来没有这样想过，她也知道你的存在，我只是不想你伤心。

你把我想得太自私了。"

"那么现在总可以了吧?"我说。

"好吧。"他终于答应。

我还是第一次到他住的地方。以前有很多次想过要走来这里等他,这一次,终于来了,心里竟有点害怕。

"我就住在十二楼 A 室。"他说。

"我送你上去。"我大着胆子说。

"好。"他似乎知道拦不住我。

我们一起走进电梯,电梯到了十二楼,我的心不由得愈跳愈急。是我要送他回来的,我却不敢望他。

电梯门打开。

"我就住在这里。"他说。

我的心好像快要裂开,我做梦也没想过我竟然来到他的巢穴,他和另一个女人的巢穴。如果那个女人突然从里面走出来或者从外面回来怎么办?

"我就送到这里。"我胆怯起来,"谢谢你让我送你回来……"

话还没有说完,森一把拉着我,把我拉到后楼梯。

"不要走。"森抱着我说。

"我可以不走吗?难道你会邀请我进去?"

森抱着我的脸吻我。

我竟在他家门外跟他接吻,那个女人就在咫尺之外。我们竟然做出那么疯狂又惊险的事,森一定是疯了。

我真怀念他的吻，以至于无法拒绝。

可是，总是要分手的，他始终要回家。

"不是说送君千里，终须一别吗？"我凄然问他。

森无言。

"我要回家了。"我说。

"你还没有告诉我你住在哪里。"

"你知道也没有用。"

"你的生日礼物还在我这里。"

"我不是说过不想知道的吗？快回去吧！我不想看到有一个女人从屋里走出来。"我走出去等电梯。

电梯来了。

"再见。"我跟他说。

森颓然站在电梯外，这也许是他生平第一次给一个女人打败，败得那样惨烈。

电梯门缓缓关上，我在缝隙中看他最后一眼，跟他回家的女人永远不会是我。

我坐上出租车，抬头数到第十二层楼，那一户有灯光，但不知道是不是森住的地方。在回家之前，他必然已经抹去唇上的我的唇印吧？

第五章

——

你还爱我吗

一个星期之后，我发现森没有把支票拿去兑现，那笔钱仍然在我的账户里，我早就想到他不会要那笔钱。我是想把钱还给他的，可是也想过，如果他真的要回那笔钱，我会不会很失望，甚至怀疑他是否曾经爱过我。

　　"如果他真的拿支票去兑现，你也就不要再留恋他了。"徐玉说。

　　已经过了一个月，那笔钱在我账户里原封不动。我没有看错人，森是个好人，可惜我没有福分做他的太太。或许终于有一天，半年后、一年后，甚至十年后，他清醒了，会把支票拿去兑现。

徐玉打电话来问我："宇无过想请陈定梁吃饭，星期四晚上，你也来好吗？"

"不是说书的销量不好吗？"我奇怪宇无过这一次可以看开。

"他好像没有什么不愉快，从美国回来之后，他开朗了很多，如果像以前那样，真叫我担心呢。来吧！陈定梁不是那么可怕吧？"

"好吧！"我这一次再拒绝，徐玉一定会怪我不够朋友。

宇无过请我们在西贡的一家露天意大利餐厅吃饭。

陈定梁准时来到，自从上次踢了他一脚之后，我已经很久没有见过他了。

"是谁提议来这里的？"我问徐玉。

"是陈定梁。"她说。

"我以为你会喜欢露天的餐厅，你的砌图也是一家半露天的餐厅。"陈定梁说。

"真是体贴啊！"徐玉替陈定梁说话。

"我打算开出版社。"宇无过向我们宣布他的大计。

"没听你说过的。"徐玉托着头留心听他说。

"在香港开出版社很困难。"陈定梁说。

"我还有一个朋友合资，除了出版我的科幻小说之外，我们还会去日本拿漫画的版权，在香港翻译和发行，那个朋友是日本通。只要我们能够拿到一本受欢迎的漫画版权，便可以赚很多钱。"宇无过踌躇满志。

"很值得做啊！"徐玉以无比仰慕的眼神凝望着宇无过。

第二天，徐玉来找我，原来宇无过根本没有资金。

"大概要多少钱？"我问徐玉。

"宇无过和合伙人每人要拿三十万元出来。"

"这么多？"

"去日本买漫画版权要先付款的，而且一次要买一批，不能只买一本，这笔开支最大，还要租写字楼，请两三名职员，印刷、排版、宣传等等都要钱。宇无过自己每出一本书，也要花几万元。"徐玉一一说给我听。

"既然没钱，他怎么开出版社？"我问徐玉。

"他这个人，从来不会想钱的，想到要做什么，便一股脑儿去做。"

徐玉似乎不介意宇无过的作风，然而，一个男人，不知道自己有多少本事，便去冲锋陷阵，把问题留给女人，是否太不负责任呢？

"他以为我还有钱。"徐玉说。

"上次他去美国，你已经把全部积蓄给了他，他还以为你有钱？"我有点生气。

"他不知道那是我全部的积蓄。都怪我平时不懂省吃俭用，胸围也买几百元一个的。"

"我放在银行的钱不能动，森随时会拿走的。"我知道徐玉想我帮忙。

"这个我也知道。"

"我只有几万元，是我全部的积蓄，可以借给你。"

"几万元真的不够用。"徐玉叹气。

“找游颖商量吧！”我说。

“我真的不想向朋友借，东凑西拼的，不如向财务公司借，我听人说有一万元薪水便可以借到二十万。”

“向财务公司借钱，利息很高的，况且你没有固定职业，财务公司不肯借的。”

徐玉失望地离开，几天没有找我。我银行账户里有五万四千块，我写了一张支票准备给她。

“我有一个办法可以得到三十万。”徐玉告诉我。

“什么办法？”

“有人找我拍计算机光盘。”

“拍计算机光盘有这么多钱吗？”

“一般计算机光盘当然没有这个价钱。”

“你不是说色情光盘吧？”

“用不着全裸，只是意识比较大胆，比较性感。”

“你不是吧？”

“对方答应给我三十万。”

“你又不是明星，给你三十万，会不要你全裸？”

“是要露乳。”徐玉终于说真话。

“真的是色情光盘？不要拍。”我劝她。

“不行。”

“就是为了宇无过？没有钱就不要开出版社，他又不是没有这笔钱会死的。"

"我不忍心让他失望，他已经在找办公室了。"

"他知道你拍这种光盘吗？"

"不能让他知道。"

"他知道的话，会跟你分手的。"

"他不会知道的，他不玩计算机。"

"他的朋友看到怎么办？"

"他的朋友不多，那些人也不玩计算机。"

"万一他看到怎么办？"

"他不会认得我的，我会去烫头发，化一个很浓的妆，说不定到时他们认为我不漂亮，会把女明星的脸孔换到我脸上呢！"

"徐玉，不要拍！我这里有五万四千块，你拿去吧！"我把支票交给她。

"你留着自己用吧！"徐玉笑着扬扬手，"投资这张光盘的老板是我认识的，知道我需要钱，才给三十万呢！一般只是二十万。"

"你答应了？"我不敢相信。

"明天去签约。"

"你想清楚了吗？"

"我不是说过我可以为宇无过做任何事的吗？"徐玉含笑说。

"我找森想办法，我可以跟他借三十万。"我跟徐玉说，我实在不忍心她去牺牲色相。

徐玉拉着我的手："你人真好，不愧是我最好的朋友。要你向唐文森借钱，一定很为难你。分手后，女人向男人借钱，会给男人看不起的，也会将你们从前的美好回忆全部破坏，你的牺牲比我露乳更大。"

"你是女人来的，以后怎么办？"

"我不知多么庆幸我是女人，否则胸前的两点怎会值钱？你不要把这件事想得太坏，拍这张光盘的是日本一位著名的摄影师，他替很多当红的女明星拍过写真集。我这张光盘是充满美感的，性感而不色情，也不会跟男主角做爱。趁住青春留倩影嘛！"

"这张光盘是公开卖的，什么男人都可以买来看。"

"他们在街上见到我，也不会认得我。你同意我的身材很好吗？"

"不好也不会有人找你。"

"那又何必暴殄天物呢？"

"他们跟你说了很多好话，把你催眠了，是不是？"

"你听我说，女人的身材多么好，有一天，也会成为历史陈迹。我一生最自豪的，除了宇无过，就是我的身材，再过几年，我替宇无过生了孩子，就保不住这副身材了，为什么不留一个纪念？"

"我问你一个问题，如果不是宇无过需要这三十万，你会拍这张光盘吗？"

"不会。"

"那就是了，什么趁住青春留倩影，都是自欺欺人。"

"反正都要做的，何不往好处想？"徐玉一派乐天。

我觉得很难过，我想告诉宇无过。

我约了游颖下班后在咖啡室见面，把徐玉拍色情光盘的事告诉她。

"你把事情告诉宇无过，徐玉会恨你的。"游颖说。

"她拍了的话，她会后悔的。"

"你为什么要阻止她为她的男人牺牲呢？"

我还以为游颖会站在我这一边，想不到她比我开通。

"值得为这种男人牺牲吗？他好像连自立的能力也没有。"我开始讨厌宇无过。

游颖叹一口气："女人永远觉得自己的男人值得自己为他牺牲，别的女人的男人却不值得那些女人为他们牺牲。"

"这个当然啦！"我笑了。

"常大海好像正在跟另一个女人来往。"游颖苦涩地说。

"你怎样发现的？"

"只是感觉，还没有证据。"

我想起那个打手提电话找常大海的女人。

"我搬到新屋的第一天，你不是借了常大海的手提电话给我用的吗？晚上有一个女人打电话给他。"

"你为什么不早点告诉我？"游颖很紧张。

"那个女人没说什么，我想她和大海可能只是普通朋友或者那个女人是他的客人吧。"

"可能就是那个女人，她的声音是怎样的？"

"很动听的，我好像在哪里听过。"

"在哪里听过？"

"不记得了。"

"是不是那个奥莉花·胡？"

"肯定不是，你怀疑是她吗？"

"我曾经怀疑过她，但感觉上不是她，大海不喜欢这种女人的。"

"你不要怀疑大海，男人不喜欢被女人怀疑的。"

"所以他不知道我怀疑。"

"是啊！你真厉害！"我忽然想起常大海那趟午饭时对我说的话，"他不但不觉得你不信任他，他还以为你一点也不紧张他呢！"

游颖苦笑："如果我也像徐玉就好了。"

"像她？"

"爱得那么义无反顾。"

"是的，她很可爱。"

徐玉跟宇无过的爱情，我不认为是没有问题的，徐玉付出得太多了，如果宇无过变心，她便损失惨重。可是，游颖与常大海这一对，问题似乎更大。

"每一段爱情都是百孔千疮的。"我说。

"你和唐文森的爱情也许是我们三个人之中最完美的了。"游颖说。

"为什么？"

"能够在感情最要好的时候分手，那是最好的。"

"我并不想如此。"我说。

"我以为没有人可以做得到，你做到了。"游颖说。

"是的。每次当我后悔跟他分手，很想回到他身边的时候，我会安慰自己，我和他现在分手是最好的。"

我跟游颖一起搭小巴回家，司机开了收音机，我不知道是哪一个电台，正在播放一个英文流行曲节目，节目主持人的声音很悦耳，我好像在哪里听过。

"就是这一把声音！"我抓住游颖的衣袖。

"是这一把声音？"游颖有点茫然，这一把声音的出现，正好证实她猜想常大海有第三者的事快要水落石出。

"我以前在收音机也听过这一把声音，她的声音低沉得很嗲人的。"我说。

"你肯定是她？"

这下子我可不敢肯定，我在电话里只听过她的声音一次，虽然很特别，两把声音也很相似，但不能说一定是她。

"是很像，但我不敢肯定。"

"司机，现在收听的是哪一个电台？"游颖问小巴司机。

"我怎么知道？哪个电台收得清楚便听哪个电台。"司机说。

游颖走上前去看看。

"是哪一个台？"我问她。

游颖看看手表，说："现在是十点零五分，她做晚间节目的。"

"即使打电话给常大海的就是这个女人，也不代表她跟大海有什么不寻常的关系。"我说。

"我要调查一下，我想看看这个女人是什么模样的。你明天这个时候有空吗？"

"你想去电台找她？"

第二天下班后，游颖来找我。

"我昨天晚上十点四十分回到家里。"她说，"常大海正在听那个女人主持的节目。"

"可能只是巧合。"我说。

"今天晚上我们去电台。"游颖说。

"你去那里干什么？"我想弄清楚她的动机。

原来游颖只是站在电台外面等那个女人出来。

"我们像在电台外面等歌星签名的歌迷。"我说。

游颖拉我到一棵矮树旁边说："站在这里不怕让人看到，万一常大海来接她下班，也不会发现我。"

"如果你真的看到常大海来接她下班，你会怎样做？"

"我也不知道。"游颖茫然。

"如果我是你，我不会来。"

"为什么？"

"我害怕看到我喜欢的男人爱上另一个女人。"我说。

"她出来了！"游颖说。

一个身材高，短发，穿着一件黑色胸围上衣、皮外套和牛仔裤的女人从电台走出来。

"哗！三十四Ｃ！"我一眼就看出她的胸围尺码，她的身材很平均，乳房是汤碗形的，是最漂亮的一种。

"三十四Ｃ。"游颖好像受到严重打击。

"不一定是她。"我说。

"你上去问问。"游颖请求我。

那个女人正在等出租车，我硬着头皮上前跟她说："我是你的忠实听众，我很喜欢听你的节目。"

那个女人先是有点愕然，很快便笑容满面，她大概还没有见过年纪这么大还在电台门外等偶像的痴情听众。

"谢谢你，这么晚你还在这里？"

我认得她的声音，是这把声音了。

一辆出租车停在我和这个女人面前。

"再见。"她登上出租车。

我的传呼机响起来，是徐玉找我。

"怎么样？是不是她？"游颖从对面马路走过来问我。

我点头。

游颖叫停一辆出租车。

"去哪里？"我问她。

"跟踪她。"游颖拉我上车。

我用游颖的手提电话打给徐玉。

"周蕊，你在哪里？"徐玉好像很想跟我见面。

"我跟游颖一起，在出租车上。"

"我想跟你见面，我来找你们。"徐玉说。

"你不要挂线。"我跟徐玉说。

那个女人坐的出租车朝尖沙咀方向驶去，在乐道一家便利商店前面停下。

"我在乐道的便利商店。"我跟徐玉说。

那个女人进了便利商店,买了一个杯面和一瓶啤酒,在店里吃起来。我和游颖站在外面监视她。

突然有人在背后搭住我和游颖,吓了我们一跳,原来是徐玉。

"你怎会这么快来到?"我惊讶。

"我就在附近。"徐玉说,"你们在这里干什么?"

"嘘!"我示意她不要说话。

那个女人吃完杯面,喝光了一瓶啤酒,从便利商店出来,我们在后面跟踪她,看见她走上附近一幢公寓,她应该是住在那里的。

"她是什么人?"徐玉问我们。

"常大海没有出现啊!"我跟游颖说。

"陪我喝酒好吗?"徐玉恳求我们。"今天是我第一天开工!"

这时我才留意到她化了很浓的妆,烫了一个野性的曲发,穿一件小背心和迷你裙,披着一件皮大衣。

徐玉突然掩着面痛哭:"好辛苦啊!"

"我们找个地方喝酒!"游颖扶着徐玉说。

我们走进附近一家酒吧。我很抱歉,我没有关心徐玉,不知道她已经接拍了那张色情光盘,而且就在今天开始拍摄。

"发生什么事?"游颖问徐玉。

"是不是导演欺负你,要你做你不想做的事?"我问徐玉。

徐玉抹干眼泪,望着我和游颖,突然一阵鼻酸似的,又伏在桌子

167

上哭。

"到底发生了什么事？"游颖问徐玉。

"你知道在别人面前脱光衣服的感受吗？而且是在几个陌生男人的面前。"徐玉哽咽。

"我早就叫你不要拍的。"我难过。

"我很快会适应的。"徐玉抹干眼泪说。

"你以为你今天付出的，值得吗？你将来会得到回报吗？"我愤然问她。

"我从来没有这么爱过一个男人。"徐玉咬着牙说，"他的快乐就是我的快乐。"

"可是他知道你在流泪吗？"我问。

"为什么要让他知道我流泪？出版社明天开幕，宇无过现在在新办公室里打点一切，他终于有了自己的事业。我为什么要让他看到我流泪？"

我无话可说，我以为我很伟大，原来徐玉比我伟大得多，她可以为了栽培一个男人而在其他男人面前宽衣解带，我绝对办不到，或许不是我办不到，而是我从来没有遇上这样一个"机会"去为情人牺牲。

"你们刚才为什么跟踪那个女人？"徐玉问我们。

我把那个女人的故事告诉徐玉。

"还没有证据证明她是第三者啊！"徐玉拉着游颖的手安慰她。

"她是三十四Ｃ，对不对？"游颖问我。

"根据我的专业判断，应该是这个尺码。"我说，"常大海不会为三十四C而移情别恋吧？"

"我知道他早晚会找一个大胸女人。"

"三十四C也不是很大。"徐玉说。

"你长得比那个女人漂亮。"我跟游颖说。

"是吗？"游颖好像完全失去自信心。

"不信的话，你问徐玉。"

徐玉点点头，说："我一直觉得你长得漂亮。"

"谢谢你们。"游颖苦笑。

"难道常大海从来没有称赞过你吗？"徐玉问她。

"无论多么漂亮的女人，日子久了，在一个男人眼中，也会变得平凡。"她说。

"你会回去审问常大海吗？"徐玉问她。

"不会。"我说，"游颖连爱他也不肯说，怎会肯审问他？"

"如果宇无过有第三者，我会宰了他。"徐玉咬牙切齿地说。

"你是一个很怕输的人。"我跟游颖说。

"有谁不怕输？"游颖反过来问我。

"你是怕得不会让自己有机会输的人。"我说。

"如果常大海真的跟她一起，你会怎样做？"徐玉问她。

"走吧！"游颖站起来，走出酒吧。

酒吧外的一片天空，凄清寂寥。徐玉为三十万元失去尊严，游颖也许会失去常大海，我已经失去唐文森，为什么拥有到最后便是失去？

回到家里，我在床上辗转反侧。游颖从小至大也没有改变，她是过分坚强。

有时候我怀疑过分坚强也是一种软弱。我挪开窗前那幅《雪堡的天空》，行人电梯已经关了，仍然有几个人拾级而上。我时常幻想，有一天我会在这里发现一双熟悉的脚，那是森，森在我的窗前走过，我会马上伸手出去捉住他的一条腿，如果缘分这样安排，我不会再让他走。我绝对不会认错他的一双脚，他也不会认错我的一双手。只是，他不大可能会在这里经过，虽然住在干德道，他好像从来没有走过这道行人电梯。我把《雪堡的天空》反过来，向着窗外，如果有一天，森碰巧走这一条路，留意到这一扇窗，他会知道住在里面的就是我，或许他会敲一敲这一扇窗。

"今天晚上还会去电台等那个女人吗？"我问游颖。

"你以前也是做第三者，对不对？唐文森的太太一定也像我这样吧？"游颖说。

"我从来没有想过她会怎样想。"我说。

"她一定很痛恨你，第三者都是可恨的。"

我有点难堪，游颖好像将矛头指向我。

"你试试做一次第三者吧，第三者也不一定是那么可恨的，最可恨的是天意。"我说。

"今天晚上还去不去电台？"我问她。

"当然！"她说。

那个女人的名字叫涂莉，是游颖打电话到电台查到的。

我和游颖在十点五十分来到电台外面，涂莉在十一点零五分离开电台，坐上一辆出租车，像昨天一样，她在尖沙咀乐道的便利商店下车，进去吃了一点东西，然后回家。

　　"可能真的不是她。"我说。

　　第三天晚上，游颖驾着常大海的敞篷车来接我。

　　"今天开车去电台吗？"我问她。

　　"上车吧！"她说，"我想尽快知道真相。"

　　十时三十分，游颖把车子停在电台外面，这一晚天气很坏，不停下着雨。

　　"常大海不会出现吧？天气这样差，况且他也从来没有在这里出现过。"我说。

　　我很后悔认出涂莉的声音，如果不是这样，游颖不会怀疑她，找不到涂莉，游颖也不会再怀疑常大海，万一常大海真的跟涂莉一起，他和游颖一定完蛋。

　　十点五十分，游颖跟我说："你坐到后面去。"

　　我从前面爬到后面。

　　"你可以蹲下来吗？"她说。

　　我蹲在后面。

　　我们一直听着涂莉主持的节目，今天晚上，她播了很多首情歌。最后一首歌竟然是"I Will Wait for You"，我已经很久不敢听这首歌了，没想到竟然在这一刻听到，涂莉也在等一个人吗？无论在理智上或感情上，我都应该同情游颖，我却不希望涂莉被揭发，我默默祈祷她不要从这个门口离开。

最后一首歌播出之后，游颖把车子驶前了一点，刚好停在一棵树下，她亮起车灯，然后把自己的衣领反起来，将一把长发藏在大衣里面。我蹲在后面，看不到电台门口的情形，也看不到手表，"I Will Wait for You"播完之后，车厢里一片死寂，过了大概十五分钟吧，一个女人突然打开车门走上车。

"你为什么不告诉我你会来接我？"那个女人跟游颖说。

是涂莉的声音，她走上属于常大海的车，说了这样的一句话。

涂莉很快发现坐在驾驶座上的不是常大海而是一个女人。我很尴尬，不知道应该爬起来还是继续蹲着。

"对不起！"涂莉想下车。

"这么大雨，我送你回家。"游颖踏着油门疾驰而去。

"你是谁？"涂莉问游颖。

我从后面爬起来，把涂莉吓了一跳。

"你们想怎样？"她显然很害怕。

"放心，不是绑票。"游颖对她说。

游颖的行为也差不多是绑票了，她真是疯了。

"我是常大海的女朋友。"游颖说。

涂莉变得沉默，似乎不再害怕。

游颖把车驶到一个僻静的地方停下。

"开始了多久？"游颖问她。

"你应该问常大海。"涂莉等于默认了。

"到了什么阶段？"游颖问她。

涂莉笑了几声："什么到了什么阶段？我和他又不是小孩子。"

"他爱你吗？"

没想到游颖竟然这样问涂莉。

"我不会跟一个不爱我的男人一起。"涂莉说，"如果伤害了你，我对你说声对不起。"

"你没资格跟我说对不起！"游颖冷冷地说，"请你下车吧！"

"你说过送我回家的。"

"你休想！"游颖把她推出去。

涂莉被推倒在坑渠边。

"刚才我应该蒙着面。"我说，"她去报警的话，我们要坐牢。"

游颖一边开车一边流泪，重逢之后，我还是第一次看到她流泪。

"不要哭，你应该听听常大海的解释，或许是涂莉一厢情愿的。"

"我肯定他们上过床。"游颖说。

我无话可说。

游颖送我回家。

"再见。"她跟我说。

"别做傻事！"我说。

凌晨四点钟，游颖打电话来。

"周蕊，要你在快乐和安定的生活两者之间选择一样，你会选择哪一样？"游颖问我。

"安定的生活也可以快乐。"我说。

"只可以选择一样。"

"我已经选择了快乐，所以我现在的生活不安定。"我苦笑。

她沉默。

"你没事吧？"我问她，"常大海怎么说？"

"他承认了。在我回来之前，那个女人已经打电话告诉他。"

"你会走吗？"

"不知道，七年了，七年来一直睡在我身边的男人竟然欺骗我，我以为我会嫁给他的。"

"他怎么说？"

"他向我求婚。"

"求婚？"

"我也会像你一样选择快乐。"游颖把电话挂上。

我不太明白她的意思，那是答应还是不答应？如果安定和快乐只能选一样，我是会选择快乐的，虽然有一种快乐令人很累。

每隔几天，我便去自动提款机查一查账户，知道森还是没有拿支票去兑现，我知道他是真的爱过我。

清晨，我仿佛听到有人敲门的声音，我爬起来，屋外没有人。原来不是敲门，是有人在敲窗，是森吗？难道他看到了窗前的那一幅砌图？我拿开砌图，游颖蹲在行人电梯上。

"还没有醒来吗？"她笑着问我，"我买了早餐。"

游颖从大门走进来，她买了油条、粢饭和豆浆。

"你答应了他吗？"我问她。

"我拒绝了。"游颖说。

"为什么？你不是一直希望他向你求婚的吗？"

"我是希望他因为爱我所以想跟我厮守终生。他现在向我求婚，是因为内疚。"

"你就不能原谅他吗？"

游颖望着我良久，说："不能。"

"他爱那个女人吗？"

"我不知道，但他已经不爱我。他现在提出结婚，不过为了道义，开始筹备婚礼以后，他会后悔的，到那个时候，我们都会恨对方。我不需要施舍。"

"你不觉得可惜吗？老实说，他条件不错，你等了七年，白白拱手让人，很不值啊。"

"我们现在住的房子，房契上是写两个人的名字的，他答应把他的那一半送给我。"

"你会接受吗？"

"我想不到有什么理由拒绝，我不会像你那么慷慨，我是付出过的。七年，对一个女人来说，不是一段短日子，既然他甘心情愿送给我，我为什么不要？"

"他愿意把房子留给你，也是出于内疚啊！你不是说不需要施舍的吗？"

"这不是施舍，这是我应得的。但结婚不同，以后要共同生活，一直感到自己被施舍的话，会很痛苦的。"

175

"你为什么不给他一次机会？你现在只是第一次发现他有外遇。"

游颖放下手上的豆浆，说："有些人喜欢玩三盘两胜，我喜欢一盘决胜。"

"你是我认识的最坚强的女人。"

"虽然胸围只有三十二Ａ，但我的固执是三十六FF的。"游颖笑着说。

"常大海会搬走吗？"

"他会去找一间新屋。"游颖站起来，"我要上班了。"

不出我所料，常大海在第二天来找我。

我跟常大海在咖啡室见面。一向打扮整齐的他，来到的时候头发有点凌乱，样子很憔悴。游颖似乎比他看得开。

"找到房子没有？"我问他。

"暂时会搬去跟涂莉住。"他坦白说。

"游颖知道会很伤心的。"

"是她提出分手的。"

"男人真是不负责任，是你先有第三者的啊！你现在还搬去跟那个女人一起住？"我责怪他。

"我是一个没人爱的男人！"他沮丧地说。

"你有两个女人，还说没人爱？"我摇头。

"我时常感觉不到游颖爱着我，也许她是爱我的，但是她不需要我。"常大海说。

我突然觉得好笑，常大海和游颖好像调换了性格，常大海是女人，游颖是男人。只有女人才要时刻感觉到被爱和被需要。

"她是爱你的,她很爱你。"我说,"她也需要你。"

"她从来没有这样说。"

"你有吗?你又可有说过你爱她?"

"在前天晚上我跟她说过,她不相信。"

"太晚了。"我说。

"是的,太晚了。"

"你跟那个女人的事开始了多久?"我问他。这个问题是基于好奇。

"差不多一个月吧!"

他为了一段一个月的感情而放弃了一段七年的感情,游颖知道了一定很伤心。

女人的七年原来是毫无价值的。

常大海在三天之后搬走,七年感情,就用三天了断。但游颖在常大海搬走三个星期之后悄悄到法庭听他打官司,她用这个方式跟他道别。

这是一宗感情纠纷,一对同居十四年的男女,感情破裂,两个人在八年前合资买了一所房子,由男方付首期,房契上只有女方的名字。男方在分手后要求变卖房子,取回应得利益,女方则坚称自己拥有房子,双方闹上法庭。常大海是男方的代表律师。

常大海并没有发现游颖,游颖坐在最后一排。常大海跟她说过,这宗案件并没有胜诉把握,他曾经跟对方律师商讨,要求两位当事人庭外和解,但他们不肯,硬是要将对方置诸死地。

游颖看到那个男人,他穿着西装,架一副金丝眼镜,一表斯文,那个女的相貌娟好，两个人看来都是有教养的，却为一个三百多万的单位争个你死我活。

法庭上只是疏疏落落坐着十几个人，有一两个好像是记者，不断在抄笔记。

到常大海发言，他站起来说：

"法官大人，作为原诉人的代表律师，我的心情很矛盾，一对同居十四年，曾经彼此深爱对方的情侣，竟然反目成仇。如果金钱可以换回一段十四年的爱情，我想大部分人都宁愿换取感情。无论是十四年，还是十四年的一半时间，都是一段漫长的日子，要亲手毁灭它实在太难了。我认为愿意首先放弃共同拥有的东西的那个人是两个人之中爱得较深的一个，只是，我的当事人和与讼人似乎都爱得太浅了……"

游颖流下她分手后的第一滴眼泪，十四年的一半时间，她从来没有听过常大海这么深情地说话。

法官判原诉人得直，房子要卖掉，所得利益由原诉人和与讼人均分。换句话说，是常大海胜了这一场官司。

游颖在听到法官判决之后便离开法庭，她不想常大海知道她在法庭里。常大海接办这件案件时，游颖就问过他，如果有一天，同一件事情发生在他们身上，他会怎样做。常大海笑说："那个男人太蠢了，房契上写上女人的名字，我们的房契是两个人的名字，大家都占百分之五十，到时每人一半，用不着争。"

现在，他把房子留给她。他在法庭上说，愿意首先放弃共同拥有的东西的那个人是两个人之中爱得较深的。他爱得较深又为什么移情别恋？那是因为他得不到同等分量的爱吗？

这一切是游颖事后告诉我的，我在她家里陪她，常大海还有几件衣服没有拿走。

"说不定是他故意留下的。"我说，"那么改天他可以找借口回来。"

"他不会的，他已经递了辞职信。"游颖说。

"他要辞职？"我怔住。

"因为我要辞职，所以他比我先辞职。我们不能再一起工作，我受不了。"

"常大海说，愿意首先放弃共同拥有的东西的是两个人之中爱得较深的一个，他现在放弃了两样东西——这间屋、工作。"我说。

"是他先变心，现在反而好像是我无情。"

"我把房子卖掉，森却不肯收回那笔钱，我们大家都爱得深。"我满足地躺在床上。

游颖站起来，说："我但愿有勇气首先放弃。"

有人按门铃。

"不是常大海吧？"我说。

游颖去开门，是徐玉和宇无过。

"我送她来的，我不参加你们三个女人的聚会了。"宇无过说。

"先坐一会吧，如果你不介意这房子弥漫着失恋的气味。"游颖去倒了两杯汽水出来。

"你的出版社做得怎样？"我问宇无过。

"很好，已经拿到几本日本漫画书的版权，全靠你和游颖借钱给我们。"宇无过说。

徐玉向我眨眨眼。

"不要紧，不要紧。"我说。

"宇无过的新书下个月出版了。"徐玉说，"他花了一星期就写好。"

"这么快？"我吃惊。

"这本书是写得比较快。我约了人，我要先走了，你们慢慢谈。"宇无过告辞。

"那张光盘拍完了吗？"我问徐玉。

"昨天刚完成。"她松一口气。

"恭喜你。"游颖跟徐玉说。

我说不出类似"恭喜"这种字眼，她毕竟是出卖了自尊来成全她的男人。

"我找到一份工作。"徐玉说。

"什么工作？"我问她。

"是在模特儿公司上班的，负责招聘模特儿。我这几年也没有一份正正式式的工作，是时候安定下来了，做模特儿毕竟不是长远的。"

"你好像突然成熟了。"我忍不住说。

"是啊！就是因为拍了这张光盘。"徐玉说。

"为什么？"游颖问她。

"我突然觉得自己老了。"徐玉苦涩地笑。

虽然她不说，但拍那张光盘的过程里，她必然失去了很多尊严。

宇无过最新的一本科幻小说，书名叫《魔钟》。小说很受欢迎，我好几次在地铁车厢里也见到有人看这本小说。徐玉送了一本给我，我花了一个晚上看，我还是第一次可以从头到尾看完一部科幻小说。《魔钟》的情节的确很吸引，宇无过这一次吐气扬眉了。

好像魔术一样，宇无过一炮而红，《魔钟》不断加印，连带宇无过的旧书也变得畅销。有几份杂志访问他，指他是新一代最有潜质的科幻小说作家。徐玉总算脱得有价值。

宇无过请我和游颖在一家中东餐厅吃饭，说是要酬谢我们，如果不是我和游颖借钱出来，他就开不成出版社，也出不成书了。

出乎我意料之外，宇无过并没有表现得太兴奋，最兴奋的是徐玉。

"那本书我看了十次，一次比一次好看。"徐玉说。

"我介绍了很多同事看，他们也说好看，我推销有功啊！"游颖俏皮地说。

"什么时候会有新书？"我问宇无过。

"还没有想到新的题材。"宇无过说。

徐玉捉住宇无过的手说："有电影公司想把《魔钟》拍成电影呢！"

宇无过好像还不是太兴奋，也许他奋斗得太久了，成功已不会令他突然改变，这也是好的，他至少不会因为成名而变心。

"我相信不需多久就可以把钱还给你们。"宇无过说。

"好啊！我会收下的啊！"我笑说。

游颖附和："是啊！"

徐玉瞟了我们一眼。

如果时间安排得好一点，宇无过能够早一点写出《魔钟》，徐玉也用不着脱，现在纵使有钱也买不回那张光盘了。

不幸的事终于发生，宇无过无意中在一个玩计算机的新朋友的家里看到徐玉主演的那张光盘。他终于知道那三十万是怎样来的。

徐玉否认光盘里的女主角是她，但她骗不倒宇无过。宇无过收拾行李走了。徐玉哭得呼天抢地，打电话给我说要自杀，我立刻去找她。

"我去跟他说清楚。"我说，"你这样做也是为了他。"

"他不会相信的。"徐玉哭着说。

"他会在什么地方。会不会在出版社？我去找他。"

"我不知道。"

我打电话叫游颖上来，由她照顾徐玉，我试试去出版社找宇无过。

出版社的门锁上，我按门铃，没有人应门，里面也没有光线，宇无过可能没有回来。我正想走的时候，听到里面有传呼机的响声。

我大力拍门，他还是装着听不见。

"宇无过，我知道你在里面的，徐玉嚷着要死，如果你是男人，请你马上开门。"

他充耳不闻，我气得使劲地用脚踢门。

"宇无过，你出来！"

宇无过依然在里面无动于衷。我忍不住对他破口大骂：

"你觉得自己女朋友脱光衣服拍片，令你很没面子是不是？她为什么要这样做？她是为了谁？还不是因为你要三十万开出版社！你知道一个女人要脱光衣服是一件多么难堪的事吗？如果不是因为爱情，她才不会这样做！你这个人，自私到不得了，只顾着自己，永远在做梦，可怜你的女人却要不断为你的美梦付上代价……"

宇无过依然躲在里面不理我，我唯有离开。回去见到徐玉，我不知怎样开口，但总要回去交代。

游颖开门给我。

"找到他吗？"游颖问我。

徐玉期待着我开口，我不知道怎样说。

"怎么样？他是不是在那里？"游颖追问我。

我点头。

"他不会原谅我的，有多少男人可以忍受自己的女朋友做这些事。"徐玉哽咽。

"他不回来，你也不要爱他。"游颖说，"有几多女人肯为男人做这些事？"

"对，如果他不回来，他也不值得你爱。"我说。

"我去找他。"徐玉站起来，走到浴室洗了一个脸。

"我们陪你去。"游颖说。

"不用了，我自己的事我自己解决。"

徐玉撇下我们自己出去。

她在宇无过的出版社门外站了一晚，宇无过终于开门出来，两个人抱头痛哭。

这是徐玉事后告诉我的。

她幸福地说这是一个考验，让她知道他们大家都深爱着对方。

事情没有这么简单，他们经过一个考验，还有另一个考验，有一个人走出来公开指责宇无过的《魔钟》是抄袭他的小说的，并申请禁制令禁止小说继续发售。

"他不会抄袭的。"徐玉激动地说。

但那个叫麦擎天的人已聘请律师控告宇无过侵犯版权。

我不太相信宇无过抄袭别人的小说，但事情若非是真的，那个人为什么敢控告他？

徐玉找游颖介绍律师，游颖推荐了一个比较熟悉版权法的律师。律师费并不便宜，《魔钟》又不能继续发售，宇无过哪来钱跟人打官司？难道又要徐玉脱衣？

"宇无过怎样说？"我问他。

"他当然没有抄袭，根本没有这个需要。"徐玉激动地说。

"尹律师说那边有证据证明，麦擎天去年投稿到宇无过工作的报馆，小说内容跟宇无过的《魔钟》几乎一样，只是有部分内容不同。"游颖说。

"既然是去年投稿，宇无过为什么等到今天才抄袭？不合理。"徐玉说。

"那个麦擎天也把同一本小说拿去一家出版社，是今年年初的事，那家出版社没打算出版，但原稿一直放在出版社，他们可以证明。那就是说，在宇无过的新书还没出版前，麦擎天的小说已经存在。"游颖说。

"游颖，你这样说是什么意思！你是说宇无过抄袭？"徐玉很愤怒。

"游颖不是这个意思。"我连忙说好话。

"我是想告诉你，这宗官司宇无过不一定赢。"游颖有点尴尬。

"那我就换律师，对不起，我先走！"徐玉拂袖而去。

"你为什么这样说？"我责怪游颖。

"如果宇无过真的抄袭别人，这场官司便不会赢，何必白白浪费律师费？你和我都知道这笔钱是要徐玉拿出来的。"游颖说。

我想起宇无过在美国写给徐玉的信，提到蜂鸟。他是有才华的，为什么要抄袭？

晚上，我去找徐玉。我本来想约她出来吃饭，她说不想出去。

"宇无过呢？"我问她。

"他出去了。"

"你不要怪游颖。"我说。

"那个尹律师不应该把事情告诉她呀！我们打算换律师。"徐玉仍然没有原谅游颖。

"宇无过怎样说？"

"他心情坏透了。周蕊，你相信宇无过抄袭别人的作品吗？"

我不知道怎样回答徐玉，我认为事情不是那么简单。

"连你也不相信他？"徐玉很激动。

"我相信。"我不想令徐玉不高兴。

"不，只有我相信他。"

"如果证实宇无过是抄袭，你会怎样做？"

"我会离开他。"徐玉说。

"不至于这么严重吧？"

"除非他现在跟我说真话。"

这时宇无过喝得醉醺醺回来。

"你为什么喝酒？"徐玉连忙扶着他。

我帮忙把宇无过扶到沙发上。

"他从来不喝酒的。"徐玉蹲在他跟前，怜惜地抚摸他的脸。

"我去拿热毛巾。"我说。

我拿了热毛巾走出来，徐玉和宇无过竟然相拥在沙发上，我把毛巾放在茶几上，悄悄离开。

第二天，徐玉打电话给我，说："他什么都告诉我了。能够出来见面吗？"

她的声音很沮丧，她要告诉我的，也许不是好消息。

下班后，徐玉和我在咖啡室见面。今天的天气很冷，天文台说只有六摄氏度，我要了一杯热咖啡。

"冷死人了。"我脱下手套说。

徐玉的鼻子也冷得红通通的。

"他承认他的小说是抄袭别人的。"徐玉绝望地说。

"为什么？他应该知道这种事早晚会被人揭发的。"

"他说压力太大，他竟然没想过会给人揭发。"

"现在怎么办？"

"那是他的事了，他要赔偿或要庭外和解也不关我的事，我要跟他分手。"徐玉坚决地说。

"你在这个时候离开他？"我没想到徐玉那么决绝。

"我说过如果证实他抄袭别人的作品，我会离开他。"

"你不必为这一个承诺而强迫自己离开他。"

"不，我可以为他死，为他出卖尊严，但不可以忍受他是一个骗子。"

"你说过他现在说真话的话，你会原谅他。"

"我现在改变主意了。"

"你不是很爱他吗？"

"我是很爱他，很相信他，相信他的才华，就为了让他一展才华，所以我才去拍那张光盘，但是，今天早上，我突然发现，这一切原来是假的，他可以欺骗所有人，但不应该欺骗我。"

不久之前，她在出版社门外站了一个晚上等宇无过出来，她是那样爱他。一夜之间，却变成一潭死水。唯一可以解释的，是她过去太崇拜宇无过了，而这个信仰在瞬间完全崩溃，她接受不来，由极爱变成极厌恶。

"你可以陪我回去收拾东西吗？"徐玉问我。

我陪徐玉回去。

"你真的要搬走？"我在进去屋里之前问她。

徐玉点头，掏出钥匙开门。

屋内只有一盏灯亮着，宇无过坐在客厅里，没精打采。

"我回来收拾东西。"徐玉径自走进睡房。

我尴尬地站着，不知道应该去帮忙徐玉还是安慰宇无过。

"你去叫她不要走，她会听你的。"我跟宇无过说。

"没用的。"他说。

"你没有试过怎么知道？"

宇无过抬头跟我说："是不是很荒谬？我没想过会给人揭发的，就好像那些服用类固醇的奥运选手那样，竟没想过会给人揭发，只想到胜利。我在报馆工作时收到那个人的小说，看了一遍，双手在抖颤，为什么我写不到？那时我没打算抄袭他的，我去了美国，又从美国回来，再写一本书，还是不行，偶然在抽屉里发现那人的小说，我想或许不会有人知道……"

"你根本用不着这样做。"我说。

"我等得实在不耐烦了，我要成功，那本书真的成功了，比我任何一本书都成功，但我并不快乐，其实我并不想它成功，它的成功证实我失败。"

我终于明白他那时为什么对新书的成功一点也不雀跃。

"如果那本书不成功便不会有事。"宇无过苦笑，"起码徐玉不会离开我。"

"你就眼巴巴看着她走？"

"是我辜负了她，如果我知道开出版社和出版这本书的三十万是她用那个方法赚回来的，我一定不会抄袭别人的作品。若我是她，也不会原谅我自己。"宇无过站起来。

"你要去哪里？"

"我不能看着她走。"

他自己走了。

"周蕊，你来帮帮我。"徐玉在睡房里叫我。

我走进睡房，告诉徐玉："他出去了。"

徐玉把几件衣服塞进一个手提袋里。

"你要去哪里？"我问她。

"回家，回去我自己的家，跟我爸爸妈妈住。"

徐玉掏出一串钥匙，放在茶几上。

"你真的想清楚了？"我问她。

"他是骗子。"徐玉含泪扑在我的肩膀上。

"我知道。"我拍着她的肩膀安慰她。

"在我改变主意之前，快点离开。"她提起行李，又突然想起什么似的，说："等一会儿。"

徐玉走出露台，在晒衣架上摘下一个粉橙色的蕾丝胸围，是我卖给她的。

"忘了这个。"她把胸围塞在手提袋里。

我送徐玉回家，她妈妈对于她突然回家感到有些意外，但她已经见怪不怪，徐玉也不是头一次从同居的男朋友家中搬回来，只是这一次，她离开得太久了，大家没想到她会回来。

"代我向游颖说声对不起。"徐玉送我离开时叮嘱我。

晚上的气温好像比黄昏时更低，我在街上等出租车等了差不多十五分钟，冷得浑身发抖，鼻水不断淌下来。这种天气，怎么可以没有男人？真是失败！如果让森抱着，一定很暖。

回到自己家里，我匆匆弄了一碗热腾腾的汤面，吃了两口，觉得味道怪怪的，原来那一包面已经过期半年。

我听到有人敲窗的声音，难道是游颖？我挪开那幅砌图，站在窗外的竟是唐文森，只有六摄氏度的气温下，他穿着大衣站在窗外。

事情发生得太突然了，我不知道应该打开窗还是用砌图挡着那一扇窗。森在窗外等我的回音，我看到他给冷风吹得抖颤，不忍心要他站在窗外，我打开那一扇窗。

"我经过这里，看到这幅砌图，原来你真是住在这里。"他在窗外说，口里冒着白烟。

我把砌图放在窗外，犹如把一个钱币掷入许愿泉里，我日夕企盼的，是他偶然有一天在窗外经过，看到这一幅他为我砌的《雪堡的天空》，知道我住在里面，然后敲我的窗，就是这样罢了。这一刻愿望成真，真令人难以置信，我却不知道应不应该让他进来。

"我可以进来吗？"他问我。

他瑟缩在风里，恳求我接纳他。我想他抱我的时候，他竟然真的出现。

"是二楼B室。"我告诉他。

我站在屋外等森，他上来了。

"进来坐。"我跟他说。

"你就住在这里？地方太不像样了。"他好像认为我受了很大委屈。

"这是我所能负担的。"我说。

"外面很冷。"他拉着我的手。

他的手很冷，一直冷到我心里去。

"我去倒一杯热茶给你。"我松开他的手。

"谢谢你。"他说。

我们之间已经很久没有跟对方说过"谢谢"这两个字了，这两个字在这一刻变得很理所当然而又陌生。

我倒了一杯热茶给他。

"你怎会走这条路的？"我问他。

"我从来没有走过这道行人电梯，今天晚上突然心血来潮，想不到……真是巧合。我看到这幅砌图时，还以为自己在做梦。"

"你好吗？"我问他。

"你仍然戴着这条项链？"他看到我脖子上的项链。

"不要说了！"我突然有点激动。

"你不喜欢我来吗？"他内疚地问我。

"我好辛苦才摆脱你。"我说。

"我留给你的就只有痛苦吗？"他难过地说。

"带给你快乐的那个人，就是也能带给你痛苦的人。"

他望着我不说话。

"那张支票你为什么迟迟不拿去兑现？"我问他。

他打开钱包，拿出我写给他的那张支票："这张支票我一直带在身上，但我不会拿去兑现的，如果我这样做，我会看不起自己。"

"那我会把这笔钱从银行拿出来送到你面前。"

"我不会要。"

"你不要的话，我会将这二百八十万拿去你公司要你替我投资一只风险最高的外币。"我赌气说。

"我一定可以替你赚到钱。"他说。

我给他气得发笑，他拉着我的手说："我很挂念你。"

"是吗？"我故意装出一副冷漠的样子。

"回到我身边好吗？"森抱着我，用他的大衣把我包裹着，我觉得很温暖。

"不要这样。"我推开他，"我回到你身边又怎样？还不是像从前一样，偷偷摸摸地跟你见面？我不想只拥有半个人，你放过我吧。"我退到床边。

森走上来，抱着我，吻我，把我按在床上，我很想跟他接吻，但又不想那么轻易便回到他身边，我紧紧闭着嘴唇，装着一点反应也没有。他抚摸我的胸部，我把他推开。

"不要这样。"我站起来说。

他很沮丧。

"你走吧。"我狠心地说。

"你还爱我吗？"他坐在床边问我。

我的心在流泪，我故意要令他难受，谁叫他在这一刻还不肯说会离婚。只要他现在答应离婚，我会马上接受他。我要得到他整个人，过去我太迁就他了，他知道不离婚我也会跟他一起。

我想说不，但我说不出口，为了报复，我没有回答他这个问题。

他很失望地从床上站起来，沉默不语。

为什么他还不肯说离婚？他就不肯说这句话？我不会告诉他我爱他。他明天一定会再来，明天不来，明天的明天也会来。他知道我住在这里，他会再来的，只怕他再来的时候，我无法再拒绝他。

森站在那里，等不到我的答案，他一声不响地离开了。

我扑到床上，哇啦哇啦地哭起来，他还是头一次问我爱不爱他。

第六章

———

我会永远等你

我整夜都在想他。

第二天，在内衣店里，我完全提不起劲工作，我疯狂地挂念他。他偶然在我的窗外经过，那就是缘分，我为什么要欺骗自己？

下午，有一名自称是绿田园职员的李小姐打电话来说："是周蕊小姐吗？我特地通知你，你助养的那头小牛出生了。"

我助养的小牛？

"我没有助养小牛。"我跟她说。

"你认识唐文森先生吗？是他替你助养的。"

我决定去绿田园看看，绿田园在鹤薮。第二天早上，我坐火车去，那是一个很遥远的地方。森为什么会替我助养一头牛？到了绿田园，那位李小姐带我参观，那里有很多牛，属于我的那一头刚刚出生的小牛正在吃奶。

　　"你可以为他起一个名字。"她说。

　　"到底是怎么一回事？"我问。

　　"唐先生没有告诉你吗？新界有很多黄牛，老了没人要，在马路上流浪，经常给汽车撞死，我们向农夫买了那批牛回来，让它们耕田。但有些牛是不会耕田的，为了饲养它们，我们让市民助养，牛就不用再流浪了。这个计划推出之后，反应很好，助养黄牛要排队。去年十月，唐先生来申请助养一头黄牛，由于所有牛已给人助养了，所以他要预订母牛肚中的小牛。他说这是送给女朋友的生日礼物，十一月三日那天要带她来看看怀孕的母牛，但那天你们没有来。后来唐先生又打过电话来，说小牛出生的时候就通知你。"

　　原来森送给我的生日礼物是一头小牛，怪不得那天他说要我去看。我对那一头正在喝奶的小牛突然有了感情，蹲下来用手扫扫它的肚子。

　　"还有一片地也是你的。"李小姐指着我面前一片用竹竿围起的地，"可以种菜。"

　　"他为什么要送这个给我？"

　　"他说要送一份特别的生日礼物给你，这份生日礼物也真够特别。这片地很适合种瓜菜，唐先生说你们要开一家法国餐厅，自己种瓜菜不是很方便吗？"

我为那头小牛起名叫雪堡。

爱一个人，是你必须有一点恨他，恨他令你无法离开他，森就是我恨的人。

离开绿田园，天气仍然寒冷，但阳光灿烂，我的心很暖。森真的有想过和我一起开一家餐厅的。我在火车上盘算着我们该在那块耕地上种什么菜，可以种红萝卜，那么即使我们的餐厅还没有开始营业，也可以卖给郭笋做红萝卜蛋糕。

回到内衣店时是下午三点三十分，我很挂念森，我再没有需要否认我对他的爱，终有一天，他会给我名分的，即使等不到，那又怎样？我想告诉他，关于他的问题，我有答案了。我从前、现在、将来也爱他。

我提起勇气传呼他，他没有回电话给我。三十分钟、一小时、两小时都过去了，我传呼了三次，他就是没有回电话给我，办公室的电话也没有人接。

他为什么不打电话给我？他是不是不再理我？他以为我不爱他。不会的，他不会的。

下班后，我回到家里，坐在窗前，我想，或许他会突然出现。窗外愈来愈静，已经是晚上十一点多了，我再一次传呼他，他还是没有理我。他不打算再理我了。

我整夜没有睡过，第二天早上，他没有打电话给我，如果传呼机坏了，他也应该打电话到传呼台查一查的。

下班后，我打电话到公司找他，一个男人接电话。

"我想找唐文森先生。"我说。

"找他？"那个男人的声音好像有点问题，"请问你是哪一位？"

"我姓周。"我说。

"周小姐吗？我姓蒋，是唐先生的同事，我们约个地方见面好吗？"

"到底是怎么回事？"我觉得事情很不寻常，"是不是他出了事？"

"出来再谈好吗？在我们公司楼下的餐厅等，你什么时候到？"姓蒋的问我。

"我五分钟就到。"我说。

我放下电话，连忙关店，森到底发生什么事？我听他提过那个姓蒋的叫蒋家聪，是他的同事和好朋友。

我匆忙赶到餐厅，一个男人向我招手。

"你是周小姐吗？"他问我。

我点了点头。

"请坐。"他说。

"唐文森呢？到底发生了什么事？"

他欲言又止。

"到底是什么事？"

"阿唐他死了。"

我不大相信我听到的说话。

"他昨天午饭回来后如常地工作，到大概三点多钟吧，我发现他伏在办公桌上，以为他打瞌睡，到四点多钟，我发现他仍然伏在办公桌上，上去拍拍他，发现他昏迷了，我马上报警，救护车把他送去医院。

医生说他患的是冠心病，这个病是突发的，事前没有任何征象。他在送院途中已经死亡。"

"不会的，是他叫你来骗我的，他怕我缠着他！是不是他太太派你来的？我知道他根本没有心脏病！"我骂他。

"他是突然死亡的。"

"不可能的。"我拒绝相信。

"我也不希望是事实，但我亲眼看着他被抬出去的，他被抬出去的时候，身上的传呼机还不停地响。干我们这一行，心理压力比谁都大，四十岁就应该退休了。"他黯然。

"我不相信你！"我哭着说。

"今天的报纸也有报道，可能你没有留意吧。"

"是哪一份报纸？"

他把一份日报递给我："我知道你不会相信的。"

在新闻版一个不显眼的位置，有一张照片是一个男人被救护员用担架床抬出大厦：银行外汇部的高级职员在工作中暴毙，死者名叫唐文森……

我流不出一滴眼泪。

"阿唐跟我提过你跟他的事，他以前说过，如果他有什么事，要我通知你，他怕你不知道。他是个好人。"蒋家聪哽咽。

我哭不出来，我的森竟然死了。不可能的，他为什么要这样对我？

我看到他在窗外，他敲我的窗，在寒风中敲我的窗，只是一天前的事。他走的时候，也在我窗前经过，他是活生生地走的。

"周小姐，我送你回去好吗？"蒋家聪问我。

"不用了！"我想站起来，却跌在地上。

"你没事吧？"他扶起我。

"我要回家。"

"我送你回去。"

我不知道是怎样回到家里的。

"这是我的名片，你有事找我。"蒋家聪放下他的名片，问："要不要我替你找你的朋友来？"

我摇头。

森死了，他临死前跟我说的最后一句话是："你还爱我吗？"他期待着我说爱他，我却冷漠地没有回答，我想向他报复，我想他再求我，我想他答应为我离婚，我以为还有机会，以为他还会找我。我以为还有明天，明天不来，还有明天的明天……我真的痛恨自己，我为什么对他那样冷酷？他以为我不再爱他，他死的时候是以为我不再爱他的，我太残忍了。我为什么不留住他？他被抬出去的时候，传呼机不停地响，那是我，是我传呼他。我没有想过我们是这样分手的。我们不可能是这样分手的，他正要回到我身边。

深夜，家里的电话响起，我拿起话筒。

"喂……是谁？"

话筒里没有声音。

"是谁？"

对方没有回答我。

"是谁？"我追问。

我觉得是森，是他在某个地方打电话给我。

"我爱你。"我对着话筒说出我还没有跟他说的话。

那边挂了线。

我是在做梦还是森真的从某个地方打电话给我？

我抱着电话，电话一直没有再响过。

天亮，我打电话给蒋家聪。

"我想看看他。"我说。

"这个有点困难，尸体在殓房里。"

我第一次听到有人用"尸体"来形容森，是的，是"尸体"，在短短两天之内，他变成"尸体"。

"我要见他，他昨天晚上打电话给我。"我说。

"不是吧？"他吓了一跳。

"请你想想办法。"我哀求他。

"葬礼在下星期三。"

"在哪里？"

"他太太会出席，如果你在灵堂出现的话，不太方便。"

"我要去。"我说。

"这样吧，"姓蒋的说，"在葬礼前夕，我尽量找一个机会让你见见阿唐最后一面，好吗？"

我还有别的选择吗？

星期二早上，我打电话给蒋家聪。

"是不是可以安排我见一见森？"我问他。

"晚上八点钟，在我公司楼下等，好吗？"他说。

我在七点钟已经到了，我想尽快见森，我曾经在这里等他，看着他出来，他不会再在这个地方出现了。

蒋家聪在八点钟来到。

"我们找个地方坐下再谈。"他说。

"为什么？不是现在就去吗？"

他沉默了。

"你无法使开他太太，是不是？"

"对不起，阿唐的葬礼是昨天。"

我简直不敢相信。

"你说是明天啊！"

"是突然提前了。"

"你为什么不告诉我？"

"周小姐，阿唐的太太不会离开灵堂的，他的家人也会在那里，你何必要去呢？你受不住的。"

"原来你是故意骗我！我不应该相信你！"

我平生第一次感到自己是那样无助，我竟然无法见到他最后一面。我连这个权利也没有，我是一个跟他睡了五年的女人！

"你为什么要骗我？"我扯着蒋家聪的外衣，我恨死他。

"周小姐，我只是不想你难过，阿唐也是这样想吧？人都死了，见不见也是一样，如果在灵堂发生什么事，阿唐会走得安乐吗？"

"他的坟墓在哪里？我求你告诉我。"我哀求蒋家聪，他是唯一可以帮助我的人。

"他是火葬的。"他说。

"火葬？为什么要火葬？"

他们竟然连尸体也不留给我。

"骨灰呢？他的骨灰呢？"我问蒋家聪。

"放在家里。"蒋家聪说。

放在家里？那我岂不是永远也不能见到森？见不到最后一面，见不到尸体，也见不到灰烬。他就这样灰飞烟灭，不让我见一眼。

"对不起。"蒋家聪说。

我没有理会他，我早就不应该相信他。如果森在生，知道有人这样欺负我，他一定会为我出头的。

我回到以前的家。

郭笋来开门。

"周小姐，是你？你没事吧？你的脸色很差。"

"我可以进来吗？"

"当然可以。"

我走进屋里，这里的布置和以前一样。我和森睡过的床依然在那里，我倒在床上，爬到他经常躺着的那一边，企图去感受他的余温。

"可以把这房子卖给我吗？我想住在这里。"我说。

"这个……"

"你要卖多少钱？我可以付一个更好的价钱，求求你！"我哀求她。

"你为什么要这样做？"

"我后悔卖了它。"

"如果你真的想这样做，没问题。"

"真的？"

"我想你一定有原因吧。"

"明天我去拿钱给你。今天晚上，我可以睡在这里吗？"

"当然可以，反正我也是一个人睡。"

第二天早上，我去银行看看账户里有多少钱。我的账户里只有三百多元。那二百八十万呢？森兑现了那张支票？我到柜台查过，那张支票是昨天兑现的。

森不可能在死了之后还可以去兑现那张支票，是谁把那张支票存到他的账户里？除了他太太之外，我想不到还有谁。她竟然在森死后兑现了那张支票。

"我没钱，不能把房子买回来。"我打电话告诉郭笋。

我什么都没有了，除了那片地和那头小牛雪堡。

我去绿田园探望雪堡。

"你想到要种什么菜吗？"那位李小姐问我。

我摇头。

"春天就要播种了。"她说。

春天？春天好像很遥远。我抱着雪堡，它在森死前的一晚出生。森在它还在母牛肚里的时候把它留给我，它来到世上，他却灰飞烟灭。

我紧紧地把它抱在怀里，它是森留给我的生命，是活着的，刚刚来到这世界。

他在我生日那天，送我一份有生命的礼物。生和死，为什么一下子都来到？

我身上的传呼机响起，把雪堡吓了一跳，是游颖和徐玉轮流传呼我。我放下雪堡，打电话给游颖。

"发生什么事？你这几天不上班，又不在家，传呼你又不回电话，还以为你失踪了，我们很担心你。"游颖说。

"森死了。"我说。

"怎么会死的？"她不敢相信。

"已经火化了，我见不到他最后一面。"

"你现在在哪里？"

"我在鹤薮。"

"那是什么地方？你不要走开，我立刻来找你。"

我抱着雪堡坐在田边，天黑了，我看到两条黑影向我走来，是游颖和徐玉。

"这个地方很难找。"徐玉说。

"唐文森怎会死的？"游颖问我。

我伏在游颖的肩上。

我恨唐文森，他说过永远不会离开我的，他说谎。我至今没有流过一滴眼泪，我恨他，他说谎。

两个星期之后，我回到内衣店上班。珍妮和安娜不知道我到底发生了什么事，也不敢问。发生的事实在太多了。徐玉和游颖比我哭得厉害，可是我连一滴眼泪也挤不出来。游颖叫我去旅行，她说，我们三个人一起去旅行。我不想走，她们失恋，我失去的，却永远不会回来。我不要离开这里，不要离开他的骨灰所在之地。

　　差不多关店的时候，一个女人走进来。这个女人大约三十七八岁，身材有点胖，穿着一套黑色洋装和一件黑色长大衣，打扮得很端庄，她那一张脸涂得很白，但掩饰不了憔悴的脸容。

　　"小姐，随便看看。"我跟她说。

　　她挑了一个黑色的丝质胸围。

　　"是不是要试这一个？"我问她。

　　"你是这里的经理吗？"她问。

　　"是的，我姓周。"我说。

　　"我就试这一个。"

　　"是什么尺码？"我问她。

　　"这个就可以了。"

　　"试衣间在这里。"我带她进试衣间。

　　"你们先下班吧。"我跟珍妮和安娜说。

　　"小姐，这个胸围可以吗？"我在试衣间外问她。

　　"你可以进来帮忙吗？"她问我。

　　我走进试衣间，她身上穿着衣服，她根本没有试过那个胸围。

　　"我是唐文森太太。"她告诉我。

我想立刻离开更衣室，她把门关上，用身体挡着门。

"你就是我丈夫的女人？"她盯着我。

我望着她，如果森没有死，我或许会害怕面对她，但森死了，我什么都不怕。

这个女人不让我见森最后一面，我讨厌她。

"我一直想知道森跟一个什么样的女人搞婚外情，原来只是个卖胸围的。"她不屑地一笑。

我不打算跟她争辩。

"森这个傻瓜，逢场作戏的女人而已，竟然拿二百多万给你买房子。"她摇头叹气。

她怎么会知道？

"他的账户里没有了二百万，以为我不知道吗？我早就知道了。"她说。

"你想怎样？"我问她。

"幸而我在他的钱包里发现你写给他的支票，告诉你，是我拿去兑现的，那些钱本来就是他的，将来就是我的。"她展示胜利的微笑。

我早就猜到是她，森说他一直将支票放在钱包里，是她在森死后搜他的钱包的。

"你知道我为什么要把他火化吗？"她问我。

"我不想他有坟墓，骨灰瓮本来应该放在寺院里的，我不理会所有人反对，带回家里，并不是我不舍得他。你知道是什么原因吗？"她走到我面前，身体几乎贴着我，盯着我说："我不要让你有机会拜祭他，他是我的丈夫，死了也是我的。"

她怨毒地向我冷笑。

"你很残忍。"我说。

"残忍？"她冷笑几声，"是谁对谁残忍？他死了，我才可以拥有他。"

"你以为是吗？"我反问她。

她突然脱掉上衣和裙子，身上只剩下黑色的胸围和内裤，几乎是赤条条地站在我面前。

她的乳房很小，手臂的肌肉松弛，有一个明显的小肚子，大腿很胖，她的身材一点吸引力也没有，我没想到森的太太拥有这种身材。

"我是不是比不上你？"她问我。

我没有回答。

"为了你，他想和我离婚。我和他十八年了，我们是初恋情人。他是爱过我的，他已经不再爱我了，都是因为你！"她扯开我的外套。

我捉住她的手，问她："你要干什么？"

"你脱光衣服，你脱光了，我就把那二百八十万还给你！你想要的吧？"她用另一只手扯着我的衣袖，说："我要看看你凭什么把森吸引着，脱吧！"

我脱掉衬衫和裙子，身上只剩下白色的胸围和内裤，站在她面前。

她看着我的胸部，说不出话来，我已经将她比下去了。

"我丈夫也不过是贪恋你的身材！他想发泄罢了，他始终是个男人。"她侮辱我。

"如果只想发泄，他不会和我一起五年，他爱过你，但他临死前是爱我的，他在死前的一天也问我爱不爱他。"我告诉她。

她突然笑起来："可惜他看错了人，你为了二百八十万就在我面前脱光衣服，你也不过喜欢他的钱罢了！好，我现在就开支票给你，就当作是你这五年来陪我丈夫睡觉的费用。"她拿起皮包。

"我不打算收下这二百八十万，我这样做是要惩罚你不让我拜祭森。"我穿上衣服，"如果他可以复活的话，我宁愿把他让给你。爱一个人，不是霸占着他，他是一个很好很好的男人，可惜他不会回来了。"

她突然哇的一声蹲在地上痛哭。

她的身体在颤抖。我突然觉得心软，拿起她的外衣，盖在她身上。

她也是受害人。

我走出试衣间。我为什么可以那样坚强？如果森还在我身边，今天所发生的一切，我一定招架不来。他不在了，没有人会像他那样保护我、纵容我，我知道我要坚强。

她穿好衣服从试衣间走出来，头也不回地离开内衣店，我看着她的背影在商场的走廊上消失。

我走进更衣室，蹲在地上，收拾她遗下的一个没有试过的胸围。我的心很酸，双手双脚也酸得无法振作，眼泪不受控制地涌出来。自从森去了之后，我没有痛痛快快地哭过一场，我以为人在最伤心的时候会哭，原来最伤心的时候是不会哭的。

他走得太突然了，我的伤心变成恨，恨他撇下我。我告诉自己，或许他不是那样爱我的，我不应该为他伤心。但，就在今天，他太太亲口告诉我，他提出离婚，他的确有想过跟我一起，甚至于厮守终生。我从来不相信他，我以为他在拖延，我不相信他有勇气离婚，我误解了他。这个男人愿意为我付出沉重的代价。如果能把他换回来，我宁愿他活着而没有那么爱我。

我放声痛哭，他会听到吗？他会听到我在忏悔没有回答他的问题吗？我刚才不应该这样对他太太，我应该哀求她让我看一看他的骨灰。我为什么要逞强？他曾经戏言他太太会把他剁成肉酱，她没有，她只是把他变成灰。他对我的爱早已化成天地间的灰尘。

每个星期天，我会去鹤薮探雪堡。它长大了很多，已经不用吃奶，它好像会认人的，它认得我。

这个星期天，游颖和徐玉陪我去探他。

"常大海回来了。"游颖告诉我。

"真的吗？"我替游颖高兴。

"他昨天晚上回来，说有几件衣服搬走时没有带走，然后就赖着不走。"游颖说。

"你不想的话，怎会让他赖着不走？"徐玉取笑她。

"他跟你说什么？"我问游颖。

"他没跟我说什么，是我跟他说。"

"你跟他说？"

"我跟他说我爱他。"游颖红着脸说。

"你竟然会说这句话？"我不敢相信。

"我是爱他的，为什么要隐瞒？"

"常大海岂不是很感动？"我说。

"所以他赖着不走啦。"游颖说。

"他跟涂莉完了吗？"徐玉问游颖。

"他说是完了。其实我也有责任，我从来没有尝试去了解他的内心世界。我一直以为了解他，但我不是。他爱我甚于我爱他。如果不是唐文森这件事，我也许还不肯跟大海说我爱他。原来，当你爱一个人，你是应该让他知道的，说不定有一天你会永远失去他。"游颖说。

"是的。"我说。

"对不起，我不是要再提起这件事。"游颖说。

"不要紧，我唯一要埋怨的，是上天给我们五年，实在太短了，我愿意为他蹉跎一生。"

"有这么好的男人，我也愿意。"徐玉说。

"为了他，你要好好照顾自己。"游颖说。

"我可以的。"我说，"他会保护我。"

"你现在会重新考虑陈定梁吗？"徐玉问我。

"我很久没有见过陈定梁了，他从来不是后备。"我说。

找陈定梁来代替森，那是不可能的，没有任何一个男人可以代替森。

就在我们讨论过陈定梁的第二天下午，我在中环一间卖酒的商店碰到陈定梁。

"周蕊，很久没有见面了。"他说。

"真巧，在这里碰到你。"我说。

"我们连三百六十五分之一的概率都遇上了，在这里相遇也不出奇呀！"他还没有忘记那三百六十五分之一的缘分。

"啊，是的。"我说。

"你的事情，我听到了，很遗憾。"陈定梁跟我说。

"是徐玉告诉你的吗？"

陈定梁点了点头。

"我很爱他。"我说。

"我看得出来。"陈定梁说，"我们每一个人都给爱情折磨。"

他看到我拿着一瓶一九九零年的红酒。

"你也喝酒的吗？"他问我。

"我喜欢买一九九零年的红酒，我和他是在这一年认识的。"我说。

自从森死后，我开始买这个年份的酒，渐渐变成精神寄托。这一天所买的是第三瓶。

"一九九零年是一个好年份。"陈定梁告诉我，"这一年的葡萄酒很值得收藏，是书上说的。"

"那我真是幸运。"我说。

我总共收藏了十一瓶一九九零年的法国红酒。陈定梁说得对，一九九零年是一个好年份，葡萄收成很好，这个年份的红酒不断涨价，快贵到我买不起了，只能每个月尽量买一瓶。

在过去了的春天，我在森给我的那一块土地上种了西红柿。雪堡负责耕田，它已经一岁了，身体壮健。田里种出来的西红柿又大又红，我送了很多给徐玉和游颖，还有安娜和珍妮。自己种的西红柿好像特别好吃，常大海和游颖也嚷着要在那里买一块地亲自种菜。

这天徐玉来找我，她说有东西要交给我。

"是什么东西？"我问她。

"你拆开来看看。"她说。

我拆开纸袋，里面是一个相架，相架里有一只类似蜜蜂的东西，但又不太像蜜蜂，它是有脚的，一双翅膀像宝石，是彩色的。

"这是蜂鸟的标本，你不是说过想要的吗？"

那是很久以前的事了。

"是在哪里找到的？"

"是宇无过给我的。"

"你和他复合？"

"我和他不可能再一起了，但是偶尔还会见面。"徐玉说。

我仔细地看着那一只死去多时、被制成标本的蜂鸟，它是唯一可以倒退飞的鸟，如果往事也可以倒退就好了。森会回到我身边，会倒退回到我的怀抱里，给我温暖。我们的爱就像那蜂鸟，是尘世里唯一的。

我把蜂鸟的标本带回家里，并且买了第十二瓶一九九零年的红酒。这一天是入冬以来最冷的，只有六摄氏度。我在被窝里听"I Will Wait for You"，我很久不敢听这首歌了，森死后，我第一次再听这首歌。

"咯咯咯咯——"有人在外面敲我的窗。我挪开窗前的那一幅《雪堡的天空》，外面并没有人。我打开窗，寒风刺骨，外面没有人，我记得森常常跟我说"我永远不会离开你"。他最后一次出现，也是在一个这样寒冷的晚上，在窗外。

图书在版编目（CIP）数据

我这辈子有过你/张小娴著. —长沙 ：湖南文艺出版社，2014.3
ISBN 978-7-5404-6476-9

Ⅰ. ①我… Ⅱ. ①张… Ⅲ. ①言情小说—中国—当代
Ⅳ. ①I247.5

中国版本图书馆CIP数据核字（2014）第024259号

上架建议：文学·小说

我这辈子有过你

著　　者：张小娴
封面插图：【阿根廷】Ana Sanfelippo
出 版 人：刘清华
责任编辑：薛　健　刘诗哲
监　　制：刘　丹
策划编辑：张小雨　王　蕾
营销编辑：刘碧思　李　颖
装帧设计：姜利锐
出版发行：湖南文艺出版社
　　　　　　（长沙市雨花区东二环一段508号　邮编：410014）
网　　址：www.hnwy.net
印　　刷：三河市鑫金马印装有限公司
经　　销：新华书店
开　　本：880mm×1270mm　1/32
字　　数：150千字
印　　张：7
版　　次：2014年3月第1版
印　　次：2016年9月第4次印刷
书　　号：ISBN 978-7-5404-6476-9
定　　价：32.00元

质量监督电话：010-59096394　团购电话：010-59320018